THE
CROWN-WEARING
WHITE COCKATOO

戴王冠的白鹦鹉

夏周

著

浙江文艺出版社
Zhejiang Literature & Art Publishing House

序

夏　商

夏周要出小说集了,书名《戴王冠的白鹦鹉》取自结集的六个篇目中的一篇。第一本书该隆重点,写几句鼓励的话。无须否认,我一定是写这篇文章的最合适人选,可并不是很想写,理由很简单,有点想避嫌。

心里拉锯了几次,决定还是写。父子关系也不是什么见不得人的关系,即便有人以"文二代"揶揄,也比富二代官二代体面。文学源自内在的才华——遗传因素很少——不比外显的财富和权力继承,终究归于写作者一个人的孤独。

我是后来改的笔名,他是原名。中国人都知道那三个最遥远的朝代,所以我们父子很容易自我介绍,我叫夏商他叫夏周,夏朝商朝周朝的夏商周。初识者作恍然大悟状,好名字,容易记。记是容易记,也有缺点,被认为更像兄弟而不是父子,当然也不算缺点,多年父子成兄弟,何尝不是一件美好的事。

作为一个文学写作者,我对所谓子承父业并不期许,这当然是从生计考虑,严肃文学不是好饭碗,很难作为糊口的职业。即便为数极少的幸运儿,靠文学吃上上好牛排之前,也有一份赖以糊口的差事。我在一篇讲稿里举例:"这个世界上,绝大多数写作是作为业余爱好而存在的,业余作家们的主业可谓五花八门,仅仅拿诺贝尔文学奖得主举例,克洛德·西蒙种葡萄,海明威当记者,马尔克斯也是记者,福克纳什么脏活累活都干过,还当过发电厂门卫,最体面的工作是邮局雇员,后来还被炒了鱿鱼。"

朴素的生活实践告诉我,人作为社会动物,养活自己是第一位的,拥有谋生手段才是最大的才华。文学艺术使人拥有更高的精神理想,却始终是生存之外的点缀,或许有人用梭罗、凡·高来反驳,以证明因文学艺术而穷困潦倒是值得的,或许对文学史、艺术史是值得的。我不否认梭罗、凡·高为人类提供了精神财富,可站在人伦角度,没有父母会愿意孩子成为艺术祭坛上的牺牲。相比虚幻的情怀,父母宁愿孩子是衣食无忧的普通人,有一门赖以谋生的专业或手艺,能不为下一顿晚餐在哪儿而担心,这是平庸而有人情味的想法。

不鼓励把文学当作职业,并不意味着反对写作。事实上,写作是一项基本技能,写作是表达,是倾述,是逻辑,是一切事与物的整理及拼图。没有写作能力,拓展思想的边界就少了重要手段。站在这个角度,我希望夏周具有一定的文学鉴赏和创作素养——给他开过一份书单,遴选了我阅读生涯中最具启发性的小说文本:《基督山伯爵》《霍乱时期的爱情》《香水》《拉格泰姆时代》《日瓦戈医生》《伪币制造者》《哈德良回忆录》《1984》《包法利夫人》《刽子手之歌》《弗兰德公路》《伤心咖啡馆之歌》《呼兰河传》《秧歌》《黄金时代》——所以,当小学生夏周把印有他短诗的校报放在我眼前时,我还是喜滋滋的。过了两年,小学生成了初中生,偏科生的特征明显了,最喜欢他的是语文老师。他写了一篇短小的虚构作品,记得标题叫《小庄和阿星》。说是虚构,也有原型,说的是两个初中生的小惆怅小憧憬,当然有他自己的影子,掺杂着少年愁滋味。那段时间,能感受到偏科带给他的压力和自卑。

　　他更喜欢写歌词,也有自己的词作家偶像比如姚若龙、方文山。他打完草稿,把歌词誊抄在 32 开作业本上,似有几十首,我至今没看过,估计是情窦初开的抒情。回首自己少年时,抄过当年的流行曲,比如刘家昌的《往事只能回味》,比如叶佳修的《外婆的澎湖湾》,相形之下档次要低一些,人家毕竟是原创。

　　歌词和诗歌是近亲。一个黄昏,初中生夏周给我看他写的一组诗,我不懂诗,感觉有那么点意思。那时我的微博还没被销号,与一个未见过面的《诗刊》编辑"互相关注",就把文档转他指正,这位仁兄点评了两个字:不错。便不再吭声。我想应是客套话,没好意思追问不错在哪儿。未料过了段时间,此君问我讨地址,要寄样刊和稿费,竟刊登出来了。还是头条,配发了两篇诗评,对一个名不见经传的新人而言,是很高的规格。

　　这显然是巨大激励,夏周的写诗积极性高涨,又发表了几组短诗。连续发表带来了鼓舞,减轻了因偏科而导致的自卑症状——须知古往今来,有多少人因自卑而写作,用才华治愈了对自己的不信任——他变得斗志昂扬,跟他老子顶嘴的频率明显增多,使我怒不可遏的同时窃喜,敢反抗父威了。反抗父威是质疑一切权威的开始,是少年真正的意识觉醒,也是独立思考的开始,从小被膜拜的无所不能的父亲似乎也没那么伟大,没那么真理在握,不"弑父",哪来幼狮的野性威猛。

我跟他说,吵归吵,吵的时候你要想到,我们是最亲爱的人,吵完拉倒。有这句话垫底,我们的争执都收拢在可控范围,他最大的回击是将卧室门一砰,相比我当年跟我爸顶嘴,动辄就离家出走,简直是模范少年。几乎没怎么感受到他的叛逆期,个头就比我高了。

初中毕业他决定出国留学,备考雅思的同时,进入一家国际高中读英联邦课程(有句话说男孩开窍晚,总要高中才认真念书),学业更忙了,偏科没之前严重了,让他畏惧的数学成绩有了提升。

申请海外大学流程繁琐,要收集大量材料,做好背井离乡的心理建设。他好像淡忘了写作,一门心思背单词练句型,直到去英国实习途中发生了一件事……

海外高校看重学生的社会实践,赴英实习是为了完善申请材料,直白一点说,让履历漂亮些,以增加被录取的几率。夏周去实习的是伦敦一家华文杂志,作家冰河彼时被该刊延聘为总编辑,他提供了这个机会。

晌午从浦东机场起飞,傍晚新闻说,一架飞往伦敦的维珍航班在俄罗斯西伯利亚迫降,航班号显示正是儿子乘坐的那架客机。迫降是严重事故,我一阵紧张,幸好新闻很快改口为备降。解释一下两者区别,备降是指航班起飞前,会预约一两个沿途机场,遇到极端天气可借停,而迫降说明出了机械问题。虹桥机场曾有过一次起落架故障的事故,消防车往跑道喷了大量泡沫,侥幸迫降成功,堪称航空史奇迹,还拍成了电影。

虽是备降,客舱内确实冒烟了(事后检查是电器小故障),民航无小事,就变成了国际事件。等飞机安全降落在伊尔库茨克国际机场,上海电视台跟夏周连线做了专访,直播结束,应《新民周刊》之约,他连夜赶写了特稿,插排进即将印刷的最新一期。这次突发事件,夏周变身为前线记者,唤醒了他的写作热情。实习期间,他发表了好几篇文章,其中有一篇散文《北纬51.5°——伦敦漫记》,从文本角度,有模有样了。

英联邦高中课程结束,海外的录取通知书陆续飞来,选择大学是纠结的过程,可有选择总比没选择好,选择权就是主动权,就是做命运主人的门票。夏周用排除法筛了几轮,在新南威尔士大学和昆士兰大学之间,无法再做剔除。这两所澳大利亚名校,世界排名均在 TOP50 之列,一所位于悉尼,一所位于布里斯班,我比较了两校的更多细节,建议选择后者,理由是新南威尔士大学诞生于 1949 年,而昆士兰大学始创于 1909年。大学拼积累拼沉淀,当然是校龄越久越好。

办完留学签证,有一小段出国前无所事事的日子,他告诉我,正在尝试写一篇小说。赴澳前夕,果然发了一个短篇到我邮箱,即《左手》。作为小说处女作,完成度还不错,然而要写好一篇小说,门槛很高,需要长期的写作训练,和对世事有恰如其分的洞察和提炼能力。《左手》存在着小说初习者常见的技术硬伤,我让他改了几稿,直到挑不出明显的纰漏,刚好《小说界》主编谢锦来我这里喝茶,就推荐给她,很快发表了。不久,被收入人民文学出版社《2016 青春文学年选》,这是一种辑录新锐小说家年度作品的权威选本,而辗转找到夏周并获得授权的那位编辑完全来自文学的自由市场。

夏周写小说是票友心态,主要精力在学业上,在澳洲读完多媒体设计,去纽约继续读交互设计。写小说对一个未来设计师而言,好处是显而易见的——插一句,《戴王冠的白鹦鹉》封面由他自己设计——虚构是一种创意能力,无论以后从事空间设计、平面设计、动漫设计还是商业视觉设计,文学的想象力都会增加设计的厚度和广度,而平素在英语环境中,用中文写小说还有个附加馈赠,不至于荒废掉母语的书面表达能力。

毋庸讳言,夏周至今创作的小说都经我推荐发表,他与文学编辑没什么交往,更少认识写小说的同行。这是我有意为之,享受文学的乐趣就可以了,文坛这种是非之地,最好绕道而行。

我是夏周小说的第一个读者,也是把关的初审编辑,每篇都会提出修改建议,有时是结构上的,有时是文字上的,等觉得拿得出手了,再推荐给文学杂志。有一个小说家父亲,发表会顺畅一些,这无须否认。可作品达不到发表水准,我这关就过不去。顿笔一秒,捡起开首的那句话,父子关系也不是什么见不得人的关系——忽想到桂林《南方文学》曾为了"关系稿"专栏向我约稿,组稿编辑解释,此关系稿非彼关系稿,加盟作家有父子有母女有夫妇有师徒,总之是现实中的亲近组合。我觉得这个想法有趣,和夏周各写一短篇小说忝列。这是我们父子首次同台亮相——即便有人以"文二代"揶揄,觉得有近水楼台之嫌,举贤不避亲对我也不存在违规。毕竟我始终野生在体制之外,不掌握任何公权力资源,手里没有版面同编辑勾兑,也没有官办文学奖的投票权用于交换。一定要说有点薄面,无非是那点虚名,而这虚名是我一个字一个字码出来的,属于私人财产,并不是公家给的。另一方面,这些年向文学杂志推荐缺乏发表途径的作者十个不止,到了儿子这里,反倒让他去自由投稿,我觉得这是一件看似高尚其实很矫情的事,对外人慷慨,对家人苛刻,不是我为人处事的方式。

聊聊这本小说集吧,一共六个短篇,磨磨蹭蹭写了五年,大致一年才完成一个。让我稍感意外的是,夏周一开始就有一个给故事打结的企图,而我读到第三篇才发现这个动机,虽然这并非全新的小说玩法,可对小说新人来说,能有这样的谋局布篇很是难得。所谓给故事打结,就是在不同的篇什内藏好线头,与其他篇什的线头连起来,使小说之间产生一些微妙的关系。除此之外,六个故事的背景被放在六个不同的国际都市:上海、悉尼、纽约、伦敦、东京和首尔。这些都是夏周生活或逗留过的城市,他收集了每个城市的典型坐标:人民广场、悉尼歌剧院、自由女神像、大本钟、东京塔、景福宫;同时掀开繁华一角,将更多小型地理:小吃街、地铁、植物园、河岸、街角花园、游乐场、小店、暗巷、咖啡馆……植入情节;他的同龄人,那些落寞的年轻身影穿行其间,呈现出一幅幅因工笔于现实而凸显出超现实意味的图景。因为有了"给故事打结"和"六城记"这两个设计,结集成册,就有了主题小说集的感觉。

夏周要出小说集了,第一本书该隆重点,写几句鼓励的话。然而,我并没有改变初衷,依然不期许夏周以写小说为职业。当然,儿大不由爷。十八岁以后,更多的时候,我是一个旁观者,一半是父亲一半是朋友。他有他的人生,我的期许只是一厢情愿——中国家长要成为开明的西式家长很难,骨子里很多劣根性,希望孩子放飞自我,风筝线却绕在指上——欣慰的是,我看到文学创作并没有影响他的学业,反而给他增添了更多自信。如果他有足够的才华,我当然愿以一个同行的身份为他鼓掌。就像此刻,我要祝贺他出版第一本小说集。

2020 年 6 月 6 日

于上海大田路寓中

目 录

左 手

1

　　清明时节,阴绵的雨代替原属于午后的阳光。雨不大,没完没了,不爽快的节奏淋得人心烦意乱。弄堂深处响起唢呐的哀乐声,封宁看着一辆殡仪车缓缓驶出,尾随其后的亲戚们神色凝重,有人在哭,有人似乎在哭。阳台上,李大爷饲养的鹦鹉冲出了鸟笼,在天空盘旋,像是衔着主人的灵魂飞向天边。

　　20分钟后,封宁来到了人民广场附近的一家咖啡馆。抬腕看表,这是父亲封建国送给他的18岁成人礼。封宁不习惯看指针,特地挑了款电子表——这或许可以解释他擅长代数,却不善于几何的原因——是他喜欢的款式:黑色表带、金属质感的外壳和赋予设计感的造型。父亲将手表递给他时只说了句:做个守时的人。

　　每当封宁看着表面,总会念及过去,有时又会闪念:人类存活在这个星球上,无法对抗宇宙巨大的能量,也难以战胜渺小的病毒和细菌,一切文明都是如此微不足道。就在他沉浸在虚无之中,咖啡馆的门被推开了,进来的那人收起黑色雨伞,放置在门口的柱形伞筒里,在他对面坐下来:"你还是那么守时。"

封宁稍稍坐正:"文皓,最近怎么样?"

张文皓歪着身子:"还不是待在法医系混呗。"

"喝点什么?"封宁朝服务员做了个手势。

"老样子,拿铁。"张文皓问封宁,"你呢?"

"喝咖啡晚上睡不好,不用了。"

"约我出来,自己却不喝,多没劲,来一杯吧。"

"那我喝火龙果清饮。"封宁对服务员说。

"哲学挺好,干吗转去读法律,不过转眼也一年多了,时间真快。"

"什么哲学,都是毛概、马概,和高中思想政治差不多。"

服务员端来饮料:"一杯拿铁,一杯火龙果,请慢用。"

"味道不错,"张文皓抿了口咖啡泡沫,"现代医学指出,咖啡含有咖啡因、单宁酸、生物碱等有益人体健康的成分。"

"喝杯咖啡还不忘显摆你那些破知识,得瑟劲能不能收敛一点。"

正聊着,一名女生在边上坐下来,封宁把头转过去:"佳佳,你来了,喝点什么?"

"不用了,我不想喝。"

张文皓打断道:"这是你女朋友吧?"

"嗯,我们下午一起去机场接人。"

女生插话道:"我叫姚佳怡,读护理学大三。今天我爸回国,我和封宁一起去接机,我爸想见见他。"

"我读法医系,和封宁是高中同学。"张文皓打量姚佳怡,米色圆领针织衫搭配淡蓝色衬衫,修身牛仔裤和一双纯白的帆布鞋,简单却不失朝气。张文皓承认姚佳怡长得不错,人也苗条,不过还是觉得自己女朋友袁媛更有魅力。尽管姚佳怡涂了淡淡的口红,张文皓还是注意到她的嘴唇略微发紫,猜想她心脏可能有点小问题:"现在三点半,你们几点到机场?"

"我爸大概六点到。"姚佳怡答道。

"这儿到机场一小时,提前半小时出发。"封宁说。

"一小时?就一直泡在咖啡馆里?"张文皓又抿了口咖啡。

"初次见面,打算去商场给叔叔买点礼物。"

"这安排不错。"张文皓饮尽了咖啡。

走出咖啡馆,拐个弯就是来福士广场,这座城市的时尚坐标之一,位于市中心腹地。三人在来福士广场内逛了一会儿,封宁一直没挑到满意的礼物。他突然想起楼上有家季风书园:"走,我们去书店看看。"张文皓嘀咕了一句:"你不会就买本书送给人家吧。"

季风书园是上海老牌的实体书店,巅峰时期拥有八家分店,承载着一代读者的文艺记忆。谁也不曾预料到,短短几年后它们将会告别。随着电商市场的发展和年轻人阅读习惯的改变,实体书店也在探索不同的经营模式。不少像诚品、钟书阁这样的新品牌脱颖而出,在书店中融入咖啡、文创、沙龙等形式。而季风书园在这一场转型中落伍,黯淡收场。

书店居中位置卖销量较好的图书,左侧是人文社科及世界名著,右侧辟出一块影音专区。整体采用胡桃木书架和琥珀色地板,白色日光灯给人强烈的空间感,一支暗掉的灯管宛如弥留者最后的呼吸。封宁径直向右侧走去,看得出他很熟悉这里。

封宁在影音区停下脚步,问营业员:"有没有《邓丽君歌曲精选》?"

"有,"营业员说,"在倒数第二个书架上。"

三人去找《邓丽君歌曲精选》。张文皓东张西望,倒是姚佳怡眼尖:"是不是这个?"

封宁说:"嗯,就是它。"

"你怎么知道我爸喜欢邓丽君?"

"你上次告诉我的。"

"是么?我自己都不记得了。"

《邓丽君歌曲精选》内置四张 CD 和一本装帧精美的导读手册,收录四十首经典名曲,黑漆皮上烫有金字,包装十分精致。

"你们先走吧,待会儿我和袁媛去隔壁和平影都看电影。"

"那我们先走了,下次一起吃饭。"

两人搭乘地铁 2 号线前往浦东国际机场。人民广场站永远人山人海,乞讨的小孩在拥挤的车厢里穿行,姚佳怡掏出两枚硬币,放在递到面前的破搪瓷杯里。封宁的手机响起,接通后是快递员——他有一封信由学校保安室代收了。

"我三年没见我爸了,有时一个月才通一次电话,他关在实验室里,我和我妈根本联系不到他。"封宁皱了皱眉,没吱声,姚佳怡轻声喊了他两次,他都没回应。

让封宁接机是姚父姚川的主意。大二前,父母反对女儿谈恋爱。到了大三,姚母江小惠忽而从反对变为支持,有时还会催促女儿,你什么时候给我带个毛脚回来啊。姚川在国外,得知女儿谈恋爱的消息,说回国了可以见见。姚川这么做,出于父亲对女儿的保护欲——人们说儿女长大后,真正需要心灵断奶的是父母——接机过程比较顺利。他们先与江小惠汇合,她目不转睛盯着封宁看,让他很不自在。姚佳怡在人群中找到姚川,调皮地捶了父亲一拳,江小惠站在一边,微笑地看着父女俩。姚佳怡将《邓丽君歌曲精选》递给父亲,说,这是封宁给你买的。

封宁说了句叔叔好,和江小惠一样,姚川也盯着他看了一会儿。寒暄了几句,姚川夫妇想留他吃饭,封宁表示晚上还有事,婉拒了。

回到家已届晚上八点,餐桌上留着父亲封建国留给小儿子的饭菜,荤素分开,摆放整齐。母亲林嫣正在收拾房间,"下次早点回来,菜都凉了,我用微波炉给你热一下。"

封宁向卧室走去,父亲正和哥哥封安围在电视机前看足球,小茶几上放着洗好的小番茄,这是封安的最爱。既是蔬菜,也可以当水果吃。

自从大儿子结婚,小儿子考上大学住校,哥俩回家的次数少了,今天同时回来,也算是家里的小节日,所以封宁拒绝姚川夫妇的邀请,也情有可原。

2

封建国和姚川是高中同班同学。封建国成绩中等,初中时拿过省游泳冠军,课余喜欢打篮球——单薄的运动衫遮不住好身材,不少女孩幻想他脱下上衣,露出八块腹肌——靠特长足以保送体育学院。至于姚川,给人印象是个书呆子,长相斯文,待人彬彬有礼,这意味着给人一种距离感。封建国打着他的篮球,姚川捧着他的书本,直到有一天,姚川无意间听到封建国在走廊角落对江小惠表白,才知道他们喜欢上了同一个女生。青春期男生无非钟情于两种类型的女生,一种是长得漂亮的,一种是成绩优异的。江小惠属于后者,名字平平,姿色平平,胸也平平。封建国身边不缺小美女,却喜欢上了外貌一般的好学生江小惠。至于姚川,喜欢上江小惠则不难理解,可惜他性格内向迟迟不愿开口。

从那天起,学校篮球场上出现了姚川的身影,起先他只会体育课上教的基本动作,但进步很快。每次分队伍,姚川总刻意避开封建国。午休时间,两人拿着英语课本背单词。对江小惠来说,他们两个各有千秋,她自己也不确定更喜欢谁多一点。一次意外让她心里的天平开始倾斜,放学路上她险些被货车撞倒,关键时刻封建国挺身而出,用左臂换回了江小惠的生命。他们永远不会忘记人生中那个最长的瞬间——封建国用力推开江小惠,当车轮碾过手肘时,他像触电一般扭成了麻花,惨叫一声慢慢失去了意识。当他从病床上苏醒,看到了老泪纵横的父母和半截空空的袖管。

车祸夺走了封建国的左臂,也夺走了他的阳光笑容。休养期间落下了学习进度——让他倍受打击的是江小惠看他的眼神不再有爱意,更多的是愧疚和同情——高考失利的同时,也失去了体育学院的保送资格。

江小惠考上了华东师范大学,姚川被上海第二医科大学录取,本硕连读后,去法国攻读博士学位。封建国上了所普通大专,毕业后在一家房管所上班,寒暑假帮居委会教小朋友踢足球,跑姿很别扭——身体不自觉向右倾斜——不过一般成人跑不过他。唯有和小朋友在一起时,封建国才会露出笑容,小朋友们也很喜欢他,称他杨过叔叔。

一次足球班下课后,所有小朋友都被接走了,除了一个叫林安的小男孩。他看起来五六岁,还在读幼儿园。封建国在原地陪林安一边等一边讲《神雕侠侣》,里面不少情节经过了他的改造。

等到晚上七点,男孩实在饿得不行,封建国右手牵着林安,在路边摊买了两个油墩子。林安方向感不强,只依稀记得家门旁停着一辆积满灰尘的凤凰牌自行车,两人找了近半个小时才找到住处。是个弄堂里的裁缝铺,卷帘门拉了四分之三,封建国跟着林安钻进去,里面摆着张陈旧的 L 型工作台,像是被人丢弃后又捡了回来的,一侧放着两条未完成的西裤,另一侧摞着十几卷布匹,按色系和材质堆放。桌上还有电熨斗、台灯、卷尺和镊子。缝纫机下放着两只大收纳箱,一只放着木质的宽肩衣架,另一只放着塑料的窄肩衣架。衣杆上挂着十来件做好的衣服,用罩子套起来,每件贴着小标签,记录着客户姓名、电话号码和取货日期。封建国跟着林安往里走,里面有个暗室,比外工作室低三阶台阶的高度,一看就是卧室,床是上下铺,被子叠得很整齐,墙上挂着两件女式旧大衣。

林安坐在写字桌前,拿出玩具,封建国不知那是奥特曼还是变形金刚。他准备离开,门口传来女人的喊叫声:"小安,小安。"林安似乎没有听见,依然低头调动着玩具的四肢,嘴里不断模仿各种打斗声。封建国走出卧室:"林妈妈,孩子已经送回来了。"林嫣先是被他吓了一跳:"原来是封老师啊。"(两人在接送过程中见过几面)进屋看到林安平安无事,她竟抽泣起来,抱起儿子象征性地打了两下屁股。封建国在一旁有点尴尬,过了片刻,林嫣的情绪稍平复:"今天来了个特挑剔的客户,换了好几个款式她都不满意,所以出门晚了,赶到操场发现没人了,我吓坏了,以为再也见不到儿子了。"

天色暗了,林嫣留封建国一起吃晚饭表示谢意,他本想拒绝,肚子不争气地提出抗议。他们在裁缝铺隔壁的小饭店坐下来,这家店午市和晚市均供应盒饭,吸引了附近的农民工和不愿做饭的年轻人,林嫣母子是这儿的常客。林嫣点了三菜一汤：四喜烤麸、红烧肉、三鲜肉皮砂锅和番茄蛋汤，给封建国叫了瓶力波啤酒。两人聊得很投机，灯光下封建国发觉林嬷挺好看的，精致的鹅蛋脸，大眼睛，几颗牙齿不太整齐，笑起来却很甜。酒过三巡，一条扭动的麻绳忽然从屋顶上落下来，定睛一看是条蛇，老板娘见状走过来，把蛇赶了赶："这是家蛇，镇宅的，吃厨房里的老鼠，不咬人。"

封建国见林安连打好几个哈欠，把单抢着买了，林嬷满脸歉意道："小孩子想睡觉了，最后还麻烦你付钱。"

"没事，不是很贵。林安上课表现挺好，快带他回去睡觉吧。"

和林嬷告别后，封建国没急着回家，从康定路逛到苏州河畔，静静地望着河面，运载沙子的货船摸黑前行，一声汽笛炸开了路灯下的蝙蝠。

之后一段时间，如果林嬷未能准时接儿子回家，封建国就给林安买个油墩子或豆沙包，牵着他去裁缝铺找妈妈。两人互相也多了些了解。林嬷今年三十岁，比封建国大两岁，来自义乌的小商品批发市场，类似于上海的豫园小商品市场。林嬷父亲年轻时是旗袍店师傅，她从小学女红。听说大城市有更多机会，一心向往去上海打拼。偶然的机会认识了一个做服装批发生意的上海青年，两人很快坠入爱河。林嬷家人反对他们来往，认为男方不靠谱，可她执意跟着男友回上海。后来有了身孕，却发现男友早有了家室。林嬷扇了他一巴掌，两人分手，肚子里的胎儿已近临盆，堕胎风险太大，只好生了下来,跟着自己姓,在沪勉强糊口。

　　暑假接近尾声,封建国的足球班暂告一段落。最后一堂课结束后,封建国带着林安回裁缝铺,林嫣正帮一个胖女人量腰围,见他们来了,说:"你先进里屋陪小安玩吧,我这一会儿就好。""你先忙不急。"封建国答道,"来,叔叔陪你玩变形金刚好不好?""我要听叔叔讲《神雕侠侣》。"

　　三人到隔壁的小饭店吃饭,按老样子点了三菜一汤,多要了一碟花生。封建国告诉她,暑假足球班结束了,林嫣感叹时间好快,开学后林安就要上小学了。借酒壮胆,封建国将心声坦白了。林嫣并不吃惊,反问:"不嫌弃我带着个拖油瓶?"封建国说:"你不嫌弃残疾人就行。"林嫣还没说话,一旁埋头摆弄玩具的林安忽然抬头:"杨过叔叔和妈妈在一块,那妈妈不就是小龙女了。"

　　又交往了半年,两人打算结婚,在封建国劝说下,林嫣答应回老家看望父母。家门被推开,林家父母面面相觑,如同见到陌生人。片刻,老夫妻两人眼中噙满泪花。林嫣23岁离开家,转眼七年过去了,岁月仿佛随风而去。

　　林母和林嫣准备晚餐,林父坐在沙发上和准女婿聊天,讲些林嫣小时候的事,却始终没有询问她这些年的遭遇。餐桌上叠满酒菜,似乎把冰箱里所有菜都拿了出来。林父开了啤酒,给封建国满上:"谢谢你照顾我们女儿。"

　　"林嫣吃了不少苦,照顾她是应该的。"封建国说。

　　过了几天,林安不像初来时那样怕生,老是在林母烧饭时

黏在后面，一口一声外婆，林母笑得合不拢嘴，做完一道菜就
喂他一口。

婚事定了下来后，封建国原打算用积蓄给新娘买套婚纱，
林妈说买现成的贵，哪有家里有大厨还去饭店吃饭的？封建
国说，也是，你是裁缝，不过婚纱不太容易做吧。林妈说，没做
过，试试吧。

找了图纸来，先做了件婚纱，又给封建国做了套黑色
西装。

婚礼订在了梅陇镇酒家，排场不大，但很体面，邀请了少
数亲戚。婚后，林安改名为封安。

封安八岁那年，弟弟封宁出生。隔了几年，小两口在裁缝
店附近开了家干洗店，生活虽不富裕，却也过得去。

3

周末结束了，封宁回校，从保安室签收了信件。在校时封
宁非常想家，回到家反而睡不习惯了。他适应了寝室生
活——上铺有腾空感的床，经久不散的泡面味，蜡黄色外壳的
空调像得了哮喘——把这儿当做第二个家。

拆开信封，是张 A4 大小的白纸，右下角写着四个小字：阅
前即焚。这几天他总梦到自己在拆信：有时拆开的是姚佳怡
的录取通知书，有时拆开的是袁媛的病危通知书，还有时拆开

的是姚川的逮捕令。

从抽屉里摸出打火机，走到洗手间，似乎想把这几天的噩梦烧成灰烬。火苗刚接近纸片，就出现了字迹。赶快把火熄灭，信上写着下个月高中同学聚会的说明，发信人是文体委员。他知道邀请函的形式肯定是张文皓想出来的，给他打电话："写封邀请函，还搞恶作剧，幸亏我动作快，差点烧了。"

电话那头传来得意的笑声："硝酸银溶液，没想到吧。"

"万一有些同学来不及熄火，烧了没看到怎么办？"

"那就是没缘分，"张文皓道，"你看到了就行。"

过了一周，张文皓约封宁出来唱歌。张文皓和袁媛一如既往地迟到，穿着情侣棒球衫走进包房，袁媛戴着顶棒球帽，盖住凌乱的短发，敞开棒球衫，T恤上挂着太阳镜用来压低领口，隐约露出事业线。比起姚佳怡的竹竿型身材，她显得凹凸有致。

张文皓和袁媛是大学同学，大一没多久就好上了，迫不及待带女朋友到封宁面前炫耀。那时候袁媛还是长发。一个月前，不知受了什么刺激，拿着剪刀把长发剪了。张文皓看着乱七八糟的发型，问她是不是做化疗了，袁媛生气地说看不惯可以滚。

袁媛用一首信乐团版的《如果还有明天》开场，不少爱飙高音的麦霸都喜欢挑战这首歌。姚佳怡点了首林宥嘉翻唱的《我只在乎你》，声音甜美的她，唱歌却变成了女中音，唱男声有独特的味道。封宁和张文皓合唱林俊杰、郑容和的

《Checkmate》，会韩语的张文皓演唱韩文部分——他在高中时学会了简单的韩语，一来为了卖弄，二来为了和爱看韩剧的女同学有更多话题，但奇怪的是，他交往的女朋友都不喜欢韩剧——唱了一个多小时歌，袁媛突然流鼻血，两个女生便结伴去盥洗室。张文皓告诉封宁，他的前女友刘美娟也要参加这次同学聚会。封宁装作若无其事："聚聚也好。"

高中时，封宁和张文皓轮流第一第二，第三名通常是刘美娟。排名有先后，分数往往相差几分而已。封宁念书用功，几何是他弱项。相反，张文皓看似不好好学习，也不遵守课堂纪律——譬如，老师说凡事都有两面性，张文皓插嘴说莫比乌斯环只有一个面，全班哄堂大笑——考试却经常比封宁好。

课余他爱表演魔术，念打油诗。女生们对他褒贬不一，有的认为幽默，有的认为花心。封宁起初不喜欢张文皓，嫌其整天显摆。身为校记者团团长，也瞧不上张文皓编的打油诗。

张文皓高中军训时，看上个女孩，好不容易追到手，不到一年，女孩就提出分手。高二开学，张文皓主动求封宁帮忙，说自己看上了校外的美女学姐，是个女文青，想让他代写情书。

封宁不愿意："你编打油诗不是挺厉害的么？"

张文皓苦笑："我的诗不上台面，我上次在她家楼下唱歌，才唱两句她就说我写的歌词土。"

"写情书一定要有感情，我给陌生人写肯定写不好。"

"你不是喜欢刘美娟么，你就当写给她。"

"你怎么知道?"

"你的眼神都告诉我了,"张文皓还不忘将自己吹嘘一番,"我这种情场高手,看到蛛丝马迹就明白了。"

"既然是情场高手,你还是自己解决吧。"

张文皓立马改口:"你帮我写情书,我就帮你追到刘美娟。"

两人合作还算成功,封宁在军师张文皓指点下和刘美娟正式交往,张文皓和那个校外学姐谈了两年,最终分道扬镳。

"你还记得我当时怎么帮你追到刘美娟的么?"张文皓边吃爆米花边问。

"记得,她想期中考试第一名,当作给他爸最好的生日礼物,如果我们让她一次,她就答应做我女朋友。"

"我最近才听说根本不是这样,如果她考第一的话,他爸同意奖励她一部手机,但他爸没多久就后悔了,刘美娟玩物丧志,成绩退步了。还觉得我们学校学风不好,让她女儿变得虚荣,第二学期就让她转学了。"此时,两个女孩回来了,张文皓拿起话筒继续唱歌。

姚佳怡示意封宁出来,将手机给他,是姚川打来的:"封宁,你爸爸是不是叫封建国?"

"嗯,叔叔怎么知道的?"

"我和你爸是高中同学,你们长得真像,我见到你就怀疑你们有血缘关系,"姚川说,"封这个姓也少,不过当时第一次见面,我怕冒失就没问。"

"原来是这样。"

"叔叔有件事想请你帮忙,你爸毕业后就和我们没了联系,过两周是高中毕业35周年,让你爸来参加同学聚会吧。"

"好的,我会转达的。"

4

姚川32岁时学成归来。回国后,开始筹备与江小惠的婚礼,请柬根据同学录所填写的地址寄出,其中也包括封建国。恰巧当时与林嫣产期冲突,他陪妻子,没出席婚礼。妻子临产只是封建国的托词,他不准备再见到高中同学。

姚川婚后与妻女聚少离多,40岁前,大量时间奉献给医院,工作没规律,和其他职业一样,有个媳妇熬成婆的过程,成为骨干医生至少需要十年时间。

近年来,3D打印技术发展,这是门综合科学,涉及工程、材料、信息科技等各方面。姚川是国内知名的骨科专家,院方派他作为医学顾问去法国进行学术研究。该项目由法国公司赞助巴黎某大学,主要探究3D打印的医学应用。之前因女儿年纪小,他放弃了许多机会。如今女儿懂事了,姚川决定离开家,三年前再次坐上前往法国的客机。

刚到巴黎,姚川经常抽空给家里打电话。随着时间推移,次数渐渐变少,他解释这是因时差及工作繁忙的缘故。姚川和同事们在实验室研究相关课题,取得了一定进展,可供人体植入的树脂骨骼和钛合金关节开始应用于临床。

科研之余,姚川作为特聘教授给学生们授课。每逢他的公开课,总会在前排的位子上看到一位名叫杰西卡的女学生,长得像他女儿小时候抱在手里的芭比娃娃。有一天下课,同学们都离开后,杰西卡走到姚川跟前,说喜欢他穿白大褂的样子。姚川明白,她表面上是说喜欢他穿白大褂的样子,实际上是表白。他从未考虑过和学生在一起,也不想破坏经营多年的家庭,另外,两人年龄相差悬殊——杰西卡只比他女儿大两三岁。杰西卡说不在乎名分,只想陪在他身边。

巴黎的平安夜,远处的埃菲尔铁塔被橙黄色灯光点亮,校园内,老建筑和树木银装素裹。大学举办圣诞酒会,身穿燕尾服的钢琴家弹奏欢快的《Jingle Bells》,男生们纷纷邀心仪的女生跳交际舞。杰西卡主动请姚川跳舞——穿着抹胸晚礼服,宛若惊艳全场的公主——他开始有点尴尬,很快就被带进了节日的气氛。当晚,杰西卡喝了很多酒,醉得站不稳,姚川一手搀着她,一手提着高跟鞋。半路上,她吐了,不知是真忘了还是故意忘了自己住哪儿,姚川只得将她带回家。给她换上白衬衫,姚川抱她上床并盖上被子。杰西卡踢掉被子,抱住他脖子,亲吻他嘴唇,又倒了下去。透过白衬衫,杰西卡修长的身材隐现,胸脯起伏着。姚川俯下身,吻了她耳朵,呼吸急促,杰西卡在迷糊中脱掉了他的衣服。

相处一段时间,杰西卡要求姚川离婚,娶她为妻。为稳定她的情绪，姚川说等她毕业后再考虑。杰西卡又哭又闹，说那时候他早回国了。

被拆穿的姚川恼羞成怒："你当初不是说不在乎么？"说完，将盛着红酒的高脚杯狠狠摔在地上，玻璃碎了一地，红色液体在象牙白的瓷砖上像一条蠕动的血迹。

那天以后，姚川再也没见到杰西卡，他不再讲课，经常在实验室工作到很晚。有天晚上，姚川用电脑调试 3D 打印机，屏幕上突然跳出对话框，是一则法国女性自杀的短新闻。他毛骨悚然，手一抖，不知按到什么，打印机自动打印出一块骨头。他感到害怕，收拾一下便离开了实验室。坐电梯时，他看到镜子里出现了杰西卡，一只白鹦鹉停落在她肩上，穿着他的白衬衫，腹部隐约有个锯齿状的伤口，洁白的衬衫很快染成鲜红色。

封宁回家后，将姚川的意思转达给父亲，林嫣劝他，已经错过姚川的婚礼，这次就不要再留遗憾，以前的事也该放下了。将婚礼那套西装翻出来修改，封建国的八块腹肌早已退隐江湖，一方面因年龄大了，缺乏锻炼，另一方面因林嫣的手艺——刚过门时并不擅长烹饪，独臂丈夫不方便烧饭，一家人吃盒饭不是长久之计，开始学做饭，后来她做的红烧肉比上海外婆还地道——西装改得更合身，驳头裁得更窄，并新做了一根黑灰条纹的细领带。

"手机、电脑越来越薄，西装也越来越秀气。"封建国依旧觉得宽驳头更大气。

"现在小年轻都这么穿，不信你问封宁。"林嫣笑他不懂时尚。

封建国看着镜子,露出了久违的笑容。同学聚会前夕,林嫣领着封建国到理发店把头发染黑,老式刮胡刀毫不留情地刮掉了山羊胡子。

姚川回国后,先带家人回老家扫墓,随后参加高中同学聚会。江小惠和老班长是组织者,地点定在新天地附近的一家五星级酒店餐厅,冷餐会,菜品样式十分精致,味道却没看起来好。宾馆菜常被诟病没有灵魂,就像流水线上木讷的零件。

同学们看似欢聚一堂,实则还是关系好坐一块,关系不好的虚假一笑。见封建国走进餐厅,姚川拿着葡萄酒杯,上前递给他。姚川穿着西装,露出一厘米法式叠袖和圆形袖扣。江小惠和封建国握手,接着手掌偷偷在裙子上蹭了两下,以为他没看到。

"好久不见。"姚川提议互相留个电话号码,"这么多年都找不到你,婚礼你也没来。"

江小惠一时找不到话题:"想不到小辈们在一块了,说不定我们还是亲家呢。"

"看年轻人的想法吧。"封建国和姚氏夫妇碰了下杯,"听说你在搞什么打印机?"

"是 3D 打印机,法国有家公司打印出了肾脏,原理是使用人体肾脏细胞培植后作为原料,再进行打印。不过我们团队在打印原料上遇到了瓶颈。"

"就像再好的喷墨打印机,没有墨水也是徒劳。"江小惠补充道。

"等攻克了这个难关,说不定可以给你打印一条手臂。"

封建国脸色陡变:"你那玩意不利索了,是不是也可以打印一个?"

没等聚会结束,封建国提前离开酒店,用右手把领带扯松,从西装口袋里掏出手机,把姚川的电话号码删除了。

草坪上,两个穿着橘红色制服的工作人员操作着割草机,音乐喷泉此起彼伏,人造湖将阳光全部反射,晃得人睁不开眼睛。姚川站在落地窗前,望着封建国的背影消失在石库门中,老班长在背后喊他,他都没听见,就像当年看着操场上封建国牵着江小惠的手,高唱着:"任时光匆匆流去,我只在乎你。"

5

临近期末考试,图书馆里的人多了。张文皓打算约袁媛到图书馆学习,电话一直打不通,跑到女生宿舍楼下,问室友得知她发烧,请假两天没上课。张文皓心急了,又给袁媛打电话,听筒里只传来滴滴的忙音,他朝着窗户大喊,室友拍了他一下:"人家在睡觉呢,你别把宿管招来了。"望着窗户,张文皓挠了挠头,转身走了。

袁媛望着张文皓的背影,拉上窗帘,轻叹了口气。她坐回写字桌前,抿了下酒杯,强忍着高烧带来的骨痛,按住右手臂,尽量保持写字时不颤抖,在文稿纸上添了两行。前段时间,袁媛被诊断患有白血病,她不敢告诉老家的父母,等当晚室友都睡熟了,躲到卫生间里抽泣。看着镜子里的自己,不断拭去脸上的鼻血,可越擦越多,索性任鲜血染红洗手盆。她感觉喉咙哭哑了,像卡着颗苦橄榄,拿起剪刀,一股脑将长发全剪了,烦恼没有被马桶冲走,反而堵住了她的心口。这份遗书涂改不多,字迹有点潦草。前两份草稿被揉成纸团,和零食包装一起躺在地砖上。

正值周末,室友们有的去图书馆复习,有的和往常一样跟小男友吃饭逛街。待她们离开寝室后,袁媛反锁了门,将遗书藏在枕头下面,从衣柜里拿出两瓶事先备好的啤酒,张文皓来电也没有接。一切准备得当,袁媛泣不成声,咬住块毛巾,砸碎酒瓶,刺向自己的腹部。

晚饭后,封宁接到张文皓的电话:"袁媛出事了。"

"怎么了,你慢慢说。"

"她室友告诉我,今天出门忘带手机,回去拿的时候发现门被锁死了,打开发现袁媛倒在地上,边上有个沾满血的啤酒瓶,现在我在长征医院,她人还昏迷着,医生已经通知家属了。"

"你别着急,我马上过来。"

挂了电话,姚佳怡问怎么了,封宁把情况告诉她。姚佳怡松开了封宁的手:"我和你一块儿去吧,我爸是长征医院的医生。"

重症监护室外,张文皓焦急地等待着,"你们来了,袁媛暂时没有生命危险,不过她患有白血病,伤口不肯愈合,失血过多导致休克,现在还昏迷着。"

封宁接过递来的遗书,仔细阅读后,问道:"袁媛的爸爸妈妈呢?"

张文皓说:"明天早上的火车,你们先进去看看吧,进去时候不要说话,我在这等你们。"

封宁和姚佳怡走进监护室,护士们忙碌着,病人们却安静地躺在床上,插满各种各样的管子,戴着呼吸器,心电图的波动成为他们还活着的证明。有的紧闭双眼,发出急促的呼吸声;有的眼神空洞,翕动着苍白的嘴唇,固执的词语却不愿从口腔里蹦出来。封宁从这些活标本中寻找袁媛的面孔,忽然一个双手被绳子绑住的老头注视着他:"帮我把绳子解开。"封宁没有听清,刚想提问,一旁的护士说:"不用理他,他和每个人都这么说。"袁媛和其他病人一样,依靠那些塑料血管维持生命,她脸色苍白,像一具蜡像。离开时,护士又从门口推进辆新病床,拥挤的监护室显得更加局促。

周末结束了,张文皓去医院看望袁媛。体检报告指标正常,医生说她只是得了比较严重的贫血,并不是白血病,多补充些营养就好了。张文皓这才舒了一口气。

张文皓走进病房,说道:"你这次把大家吓死了,以后别去小医院看病了,误诊了都不知道。"

袁媛说:"你突然说话这么认真,我有点不习惯。"

张文皓说:"这次你还得谢谢姚川叔叔,人家帮了不少忙。"

袁媛突然瞪大眼睛,问道:"姚川？哪个姚川？"

张文皓说:"就是姚佳怡的爸爸,这儿的骨科医生,你昏迷可能没印象。"

袁媛冷冷地说道:"我认识他。"

过了几天,袁媛身体基本恢复了,办理完出院手续,她打听了姚川的办公室。顺着电梯上楼,病人脸上的憔悴与疲惫似乎比病菌更有传染力,袁媛不禁打了个哈欠。姚川刚给病人就诊完,房门被推开,袁媛打了个招呼,两人注视了半秒钟。

姚川先开口:"袁媛吧,身体好了?"

袁媛用法语回答道:"托姚医生的福,好得差不多了。"

姚川微笑着说:"那就好,你法语说得不错。"

袁媛说着撩起上衣一角,露出腹部被纱布挡住的伤口,说:"这后面是被酒瓶所刺的伤口,眼熟么?"

"这不可能,"姚川脸色沉下来,"你是杰西卡?"

"我昏迷第一天,你女儿来看过我。"

"这事儿和她没关系。"姚川声音颤抖了。

"放心吧,我不是来为难你的,"袁媛说,"等这个伤口愈合了,我就会消失的。不过你也应该为自己考虑考虑,你不可能躲一辈子。"

"杰西卡,我该怎么办?"

"死者来找你是因为她的尸体还没有得到安息。"一只白鹦鹉从袁媛身后冒出来,化为一位身穿白色西装的优雅男士。

"为我找块好点的墓地葬了吧。"袁媛说完,门被"嘭"的一声关上了。

姚川猛地被惊醒,白天这一幕反复出现在他梦中,他打开床头柜旁的台灯,缓一缓心绪。

半个月后,法国警方发现了杰西卡的尸体。经过指纹比对等一系列排查,确认姚川为嫌疑人,遂发出国际红色通缉令。这天早晨,门铃被按响,江小惠从猫眼中看到两个身穿警服的男人。她溜进卧室,轻声说,外面是警察。

姚川说,该来的总会来,让他们进来吧。

江小惠打开门,警察亮出逮捕证,直接往卧室里冲。姚川从床上爬起来,头发乱糟糟的,胡子像是很久没刮了。椅子上放着衣物,姚川拿起最上面那件黑色衬衫,又从底部抽出一条西裤穿上。姚佳怡被吵醒了,踏出房门,不知发生了什么。姚川安慰说,爸爸出去一趟,很快就回来。

6

封建国用右手翻开晚报,读到了关于姚川被捕的报道,刚想合上,又忍不住从头读了一遍,生怕漏掉什么细节,默默地点上一支烟。林嫣正蹲在裁缝铺前洗头,等泡沫被搓均匀,她把面盆半扣在头上,头顶的云团顺势散开,飘向街边的阴沟里。林嫣一边擦干头发,一边走进里屋,看到吞云吐雾的封建国,数落道:

"抽烟到外面去,烟味沾到衣服上,怎么跟客人说。"

封建国掐灭了烟:"小宁今天什么时候回来?"

林嬷用扫帚扫起地上的烟灰:"和同学出去玩,应该快了吧。"

封建国将报纸递给林嬷:"我那位初中同学,就是小宁女朋友的爸爸。"

林嬷扫读了报道:"还有这种事。"

过了一会儿,封宁回来了。封建国问道,和女朋友约会了?

封宁说道,没有,她家里出了点事,没时间。

林嬷白了封建国一眼,他便没有继续往下问。

林嬷说,还饿么?家里留了点饭。

封宁说,吃过了,留着明天早上熬粥喝吧。

半夜里,封宁接到姚佳怡的电话,声音听起来有点哽咽——姚川被捕后,家里失去了经济支柱,江小惠想起有个老同学是大公司老总,就跑去商量,看能不能给个岗位,却被委婉地拒绝了。

回到家,嘤嘤地哭,姚佳怡在一旁看着,心里不是滋味。

江小惠说:"家里出了事,总不能喝西北风,你以后带个金龟婿回来。"

姚佳怡说:"你自从上次从同学聚会回来,就没说过封宁好话。"

江小惠说:"我这不是为了你好,他们家只能住在小店铺里,妈不反对你恋爱,但条件也稍微要找好一点的。"

姚佳怡说:"说白了,你就是瞧不起他们家穷。"

江小惠说:"你这孩子怎么说话,还好你没到谈婚论嫁的阶段,妈是不希望你以后受苦。"

姚佳怡说:"是不希望自己受苦吧,你看,到头来我们家还比不上别人家封宁。"

江小惠一下子语塞,这些年来自己无论经济上还是生活上都是依靠姚川,混了半辈子,仅仅得到了外人眼中所谓的光鲜。前段时间还在同学聚会上赚足面子,没想到这一切都不属于自己。她嘴上不肯承认这一点:"以后你会知道妈妈的良苦用心。"说完,便回房休息了。

多年后的傍晚,封宁在律师事务所中收到姚佳怡发来的电子邮件,信中说她马上就要结婚了,希望他能来参加婚礼。时间就是这样,明明过去了很久,回想起来却像是昨天刚发生过。此时,刘美娟走进律师事务所,来到办公桌前,说道:"我亲爱的封大律师,别在电脑前忙活了,要迟到了。"封宁合上笔记本电脑,放进黑色公文包里,站起身说:"走吧。"刘美娟帮封宁整理了一下领带,挽起他的胳膊,离开了事务所。

晚上,法医张文皓带妻子袁媛,约封宁跟几位圈中好友聚餐,选在一家潮汕菜馆。张文皓是这儿的熟客,"打冷"是每次必点。潮州菜注重食材新鲜,因此海鲜只需简单蒸熟,等凉冻后配上蘸酱,不但没有鱼腥,反而留住了原汁原味。蘸酱也是潮州菜的特色之一,种类繁多,为不同的菜品注入不同的风味,张文皓尤其喜欢在吃鱼的时候沾点黄豆酱。封宁尝了口牛肉丸,说道,文皓,你有没有觉得这丸子挺像我们高中时候吃麻辣烫里的丸子。

张文皓说哥,不识货,高中时候的贡丸都是面粉团子,这里的牛肉丸全是手打出来的。

张文皓接着说,牛肉富含蛋白质和氨基酸,脂肪含量又低。

封宁说,丸子是不一样了,你倒和以前一个德行。

聊天中,有个律师朋友老吕无意间提起一个案子,说:"你们知不知道几年前,有个医生在法国杀了人,听说警察最后找到尸体,三个月了都没腐烂,腹部锯齿状的伤口还流着血。"

袁媛问:"真的么?"

老吕说:"我也觉得不科学,只是道听途说,听过算数。"

晚饭结束后,封宁和刘美娟开车回家。路上,刘美娟问他相不相信那个故事,封宁摇摇头。开到高架上的时候,封宁似乎想起了什么:"老吕是不是提到过那尸体腹部有个锯齿状的伤口?"

刘美娟说:"好像是,怎么了?"

"没什么。"封宁踩下油门,轿车很快消失在漆黑的夜色里。

2015 年 9 月 7 日,于上海苏州河畔寓中

戴王冠的白鹦鹉

1

南半球的一月正值夏季，达令港两岸倒映在河面，楼顶拼凑在一起，像陌生人有了交集。阳光洒下来，为城市拼图涂上金色。港口停泊着数艘白色游艇，戴墨镜的高个子青年解开拴船柱上的缆绳，发动机的轰鸣赶走了打鼾的水鸟。游艇朝派蒙特桥驶去，浪花将悉尼一切为二。河面平静之后，一双宇宙的巧手将打乱的拼图复原。晚七点，太阳有了落山迹象，慢慢裹上一片镶金边的云。天空穿上蓝花楹色的裙装，随后被染成绛紫色。海鸥在河边歇息，几只稍胖的低着脑袋寻找木阶上的面包屑。

夜幕降临，酷暑的热气还来不及散去，河畔两岸亮起灯火，将气氛再次点燃。远处的悉尼塔犹如指挥棒，整座城市用灯光协奏小夜曲。霓虹倒入河面，胖海鸥试着衔起月光，可能是吃得太饱的缘故，叼了两下又把月亮吐了出来。

顾红梅从事房地产中介业务，公司离达令港不远，如遇到重要客户会选择在附近咖啡馆面谈。为省停车费，她停在离饭店稍远的车位。换上高跟鞋，对着后视镜整理了一下头发。

弹吉他的街头艺人唱完一曲,重调麦克风的位置,身前吉他盒里铺着硬币和纸钞,便携式音响旁挂着录制的黑胶唱片。游客倚靠在复古的路灯下拍照,顾红梅想到两年前刚到澳大利亚时,和他们一样喜欢四处留影。一只白鹦鹉从她头上飞过,降落在路灯上。这种鸟羽毛雪白,头顶的黄色冠羽愤怒时扇开,像盛开的葵花,故名小葵花凤头鹦鹉。因喜栖息森林,在绿树成荫的皇家植物园到处都是,河边倒是偶见。白鹦鹉绕着她转了一圈,飞走了。

距高中毕业成绩公布已过去三周,李斌收到录取通知书的那一刻,挥舞拳头喊了声耶。立马拨通了妈妈顾红梅的电话,没有接通。稍后,他微信收到通知:妈妈陪客户看房,稍后回电。李斌把录取通知书拍了张照,分别发送至父母微信。顾红梅回复了个笑脸的表情,邀儿子到他最喜欢的餐厅吃饭。与爸爸视频聊天后,李斌换上白色 Polo 衫,藏青中裤,系上帆布鞋的鞋带,走出家门。

李斌找到一个露天靠河的空位,金发碧眼的女服务生梳着马尾,白色制服和黑围裙将身材勾勒得很好。她拿着菜单走过来,李斌说等另一位到了再点单。女服务生把饮用水倒进装有少量冰块和柠檬片的玻璃杯里,撤走了两套多余餐具。深棕色木栅栏将走道和餐厅隔开,其间用金属立柱作装饰,透过镂空部分可以看到窜动着的火苗——此乃达令港常见的街头装饰。

一只白鹦鹉站在栅栏上,李斌打开一款叫"精灵宝可梦

GO"的手机游戏,用摄像头对准白鹦鹉,屏幕显示出名为"比比鸟"的卡通怪兽,手指向上滑动,屏幕跳出一个精灵球,抓住了比比鸟。海风吹来高跟鞋的节奏声,一位穿着蓝白条纹衬衫、黑色九分阔腿裤的女士顺着服务员手势走来。李斌挥手示意,顾红梅落座,点了海鲜拼盘、蔬菜色拉和两杯冰酒,又帮儿子加了最爱的菲力牛排。女服务生夹着菜单,晃着马尾走向吧台。

顾红梅举起酒杯:"恭喜考上心仪的悉尼大学。"

两人干杯,顾红梅接着说:"开学后就是大学生了,要继续好好学习。"

李斌切了一块牛排,放进顾红梅盘子里:"知道了。虽然减肥,还是尝一块吧。"

"你自己多吃点,回国的行李收拾得怎么样了?"

"差不多了,基本都是些衣服。"

"国内冬天冷,带些厚衣服回去。这次要去一趟南京,外公身体不好,去看看他。"

女服务生端上海鲜拼盘,底层铺着细冰沙,左边罗列着三文鱼腩、金枪鱼片、北极贝刺身和甜虾。右边白色瓷筒里是撒着盐粒的薯条和洋葱圈。李斌吃得急,被蘸了芥末酱油的三文鱼呛了一下。

离开餐厅,正逢周末烟花表演:橙黄的火球冲上云霄,绽放出宝蓝色光束。蝴蝶飞舞在紫花丛中,金色瀑布泻入河水。一个小女孩骑在爷爷脖子上,拉住他耳朵,像芭比娃娃操控着方向盘。外公告诉他,小时候他也喜欢"骑高高",有一次还尿了外公一脖子,但外公仍喜欢让他骑到东骑到西。直到某个黄昏,他叫了声外公太高了我害怕。小孩是没有胆的,一旦恐高说明心智开始成熟了。那天以后,外公的背仿佛弯了。

不远处围着一圈人,一个手持麦克风的青年从人群中选出五个观众,问相不相信他的光头搭档能跃过他们头顶。光头配合着与观众拍手,麦克风青年让五个人蹲成一排,光头凭借助奔跑的惯性,从他们头顶掠过。观众拍手叫好,麦克风青年说,如果喜欢我们的表演可以给一些小费。刚才还很热情的观众一哄而散,倒是那个小女孩的爷爷,丢出了几枚硬币。

烟花转瞬即逝,酒吧门口永远排着长队。LG IMAX 电影院拥有全世界最大的屏幕(约八层楼高),顶部是倾斜的几何结构,中间部分由黑黄方格拼接,色块两端挂着等高的电影海报。澳洲高考不同于中国大陆的一考定终身,平时成绩占一半权重。按照李斌学力,正常发挥即可过关,但如大多数中国父母一样,顾红梅非常重视这次高考,尽管知道儿子喜欢看电影,仍减少了他娱乐活动的时间。

入口处,黄底门牌上悬着细钢丝,固定住黑色英文字母拼成的影片名。走上楼梯,新上映的电影宣传牌互不服气地对峙着。玻璃橱柜中是各种电影周边手办和玩具,银幕的界限仿佛被打破:黑武士达斯维达和异形对决,擎天柱和钢铁侠成为朋友。走进影厅,屏幕有操场般大,光线昏暗,使英文标语更显眼:World's Biggest IMAX Theatre。通过播放开场动画,影院展示了眼花缭乱的 3D 特效和震撼的高低音效。

手机一阵震动,黑暗中,屏幕显示来自顾碧松的微信语音聊天请求。

"哥,我在看电影。"顾红梅压低声调道。

"老头确诊了,肺癌晚期。"

顾红梅捂着手机,脚步慌乱地跑出影厅,李斌见状,跟在了后面。

"上个月医生不是说是肺炎么?"顾红梅快哭出来了。

"老头身体一直很好,之前 X 光和 CT 检查都没问题。吃了药仍没好转,咳血反而更严重了。这次做了穿刺和 PET 扫描,医生不建议手术,说是还有半年时间。"

"为什么放弃手术?我来付手术费。"

"不是不手术,医生说鳞癌晚期,没手术机会了。跑过几家三甲医院,都这么说。"

"一个月前怎么没查出来?"顾红梅提高了分贝。

"你别和我吵,你在国外,我这段时间一直在操心老头的事,医学本就是模糊科学,因人而异,同样的治疗手段不一定适用。"

"那怎么办?"

"手术成功概率很小,可能会带来更多的痛苦。老头拒绝化疗,也不想插满管子没尊严地活着,目前只能保守治疗。"

"知道了,我改签提前回国。"

2

悉尼金斯福德史密斯机场的第一航厦为国际候机楼。自动门打开,顾红梅和李斌拉着旅行箱进入航站楼——映入眼帘的是暖色吸顶灯、各大航空公司横幅以及悉尼歌剧院演出海报。

米色大理石过道旁是琳琅满目的免税店,桃红木酒柜上摆列着不同品牌的红酒。上次回国时,顾红梅在这家店挑选了两款葡萄酒带给父亲。

"你外公一辈子最爱喝酒,现在肯定不能喝了,也不知道买什么回去。"

"我攒了点零花钱,给外公外婆买了鱼油。"

顾红梅心里嘀咕了一句,现在吃什么保健品都没有效果了。回忆领到第一份薪水时,顾红梅咬咬牙买了瓶高档白酒,打算和父亲小酌。

"我给老爸买了瓶好酒,晚上陪他喝点。"

"喝女儿买的酒,你爸肯定高兴坏了。"母亲在厨房里烧狮子头。

"买这么贵的酒干什么。"父亲从房间走出来。

"庆祝我第一次拿工资。"

"晚点你哥过来吃饭,给他尝尝妹妹买的酒。"

"别总想着儿子,夸夸女儿呗。"

父亲一愣,吐出八个字:"女儿懂事了,长大了。"

广播提醒经济舱的旅客登机。新加坡航空的空姐身着宝蓝蜡染彩花制服——款式沿袭了马来西亚传统的沙笼柯芭雅——走在绒毯上,顾红梅注意到一名穿着全白西服套装、戴着绑有黄帽带的白礼帽的男子正打量着自己。顾红梅低头,没发现衣服上有污渍,她怀疑也许是口红涂花了。

"儿子,我口红涂花了么?"

"没有啊。"李斌说。

"那是眼影花了?"

"也没有啊。"

顾红梅哦了一声,朝白衣男子一瞥,报纸已挡住了他的脸。

舷窗外,夜悉尼化为璀璨的银河。乘务员推着餐车过来,母子俩选了牛肉饭,顾红梅要了杯新加坡司令,这款鸡尾酒一百年前由调酒师严崇文专为女性口味所设计。顾红梅抿了一口,血红的酒体滑过喉咙,她靠着 U 型气枕渐渐睡去,一个穿着白色西装的背影走过她的梦境。

中途新加坡转机,五个小时后抵达南京禄口国际机场,旅途劳顿,顾红梅有点无精打采。李斌瞧见李靖彦已在大厅等候,许久未见的父子拥抱了一下。

李靖彦说:"帮你拎行李吧。"

李斌说:"不重,你帮妈妈拎吧。"

李靖彦去接顾红梅的行李:"冷不冷?车上准备了衣服。"

"还好,让儿子多穿点。他从夏天过来,要好看不愿多穿。"

阴雨连绵,铅灰的天空笼罩大地,紫金山宛如躲在雾霾背后的睡兽,苔藓爬上老城墙,被风化的岩石表面露出狰狞的鬼面。烟雨中的落日撞上角楼,光线散成粉末。雨刷器像长条橡皮刮去雨点,因为温差,车窗开始起雾,远处的山麓愈加朦胧。

家里有了细小变化,客厅琥珀色木书架上添置了几本新书,第四排摆放了一对胡桃核雕成的岐头履,鞋帮处刻有仕女图。崭新的紫砂茶具放在茶几中央,咖啡色地毯换成了香槟色。卧室被打扫过,空气净化器的电流在低吟。

"这就是新买的空气净化器?功率调大点,我好像鼻炎又犯了。"顾红梅说。

"嗯,澳大利亚环境好,回来估计不适应。你们把东西收拾下,等会儿晚饭出去吃。"李靖彦说。

"我没胃口,留在家收拾东西,你带儿子去吃。"

李靖彦扭头问儿子:"想吃什么?庆祝你考上大学。"

"想吃盐水鸭和白水鱼。"

"早点回来,明天还要去看外公外婆。"顾红梅一边叮嘱,一边拨打手机,"邓医生你好,我是顾红梅,前几天联系过你。我回国了,几时方便带我爸来医院再检查下?"

"嗯,情况我大致了解了,你不放心的话,过来复查一次。"

结束通话，窗外传来淅沥雨声。路上的伞，像一朵朵行走的蘑菇。

3

眼前这条巷子是通往顾红梅父母所住小区的捷径。蒸汽从巷口飘出，清新的麦香弥漫开来，包子的甜味在空气中发酵。隔壁黄色招牌上写着"鸭血粉丝汤"，老板娘在摊位边的水槽里洗菜，扯着嗓子朝厨房喊："三号桌的汤快点，客人等半天了。"一辆破旧的电瓶车穿行在遗有菜叶的水泥地上，直到铁门挡住了去路，快递员用南京话骂了一句，一逼屌糟。掉头走了。

走进小区，树木因季节缘故而枯槁，除了梅花树枝头长满了新生的花苞。小区环境比过去好了不少，之前的物业公司是开发商指定的，业主入住不久，就发现服务质量偷工减料：绿化带全是杂草，电梯贴满小广告，公共垃圾箱无人清理。大家怨声载道，抱怨完了，该去学校接子女去接子女，该回家烧饭回家烧饭，没人真正管此事。有一次，顾红梅看望父母，在小区踩了好大一坨狗屎，便去找物业。物业嫌烦让她去找狗主人。顾红梅怒了，挨个去联系业主，成立了业委会，居然把物业公司给炒掉了。业委会在社会上招聘了新的物业公司，小区管理逐渐好了起来。

按下门铃，房间传来脚步声。刘祉祎打开家门，她面色憔悴,头发散乱。顾红梅道:"妈,给你带了点水果。"李斌跟在后面:"外婆好,这是从澳洲买的鱼油。"

见到外孙,刘祉祎黯淡的脸色泛起光泽,病榻上的顾楚翰挣扎着要起来。

"爸,你躺着别动。"顾红梅道。

顾楚翰喘着粗气,披上外套,挪到客厅的沙发上。

顾红梅留意到阳台挂着的竹质鸟笼空了,顾楚翰退休后养过一只患白化病的虎皮鹦鹉,就像一只微型版小葵花凤头鹦鹉,他提着鸟笼在小区里遛鸟,教它说话。学了好久,只会说一句"恭喜发财"。

顾红梅问道:"鹦鹉呢?"

"生病后,没精力照顾它,放走了。"顾楚翰对刘祉祎说,"给他们泡点茶。"

"午饭吃过了么?"顾红梅避开询问父亲身体的状况。

"吃了,吃了鱼。"

"你爸胃口不错,如果食欲不振就麻烦了。"刘祉祎端着热水从厨房走出来。

"他过他的,我活我的。"这里的"他"是指病魔,顾楚翰试图用豁达的态度看待生死。

"今天我来陪夜,让妈休息下。"

"不用,你们吃完饭就回去。"

"没关系的,我请假回国,就是来陪你的。"

顾楚翰连着咳嗽几声,拿起搪瓷杯,吐了口痰进去。李斌拍外公的背,隔着厚厚的衣物,仍可摸到嶙峋的肩胛骨。顾楚翰呻吟了一声:"动作轻一点。"李斌轻缓地在外公后背画圈,每画完一圈,顾楚翰就吐出均匀的低哼声。

"生不如死,生不如死啊。"顾楚翰说。

顾红梅说:"过两天,我陪你去复查。"

"别折腾了,查了也那样,医生到最后只会开气管,插管子,有什么意思。"

"放弃治疗也不是办法,"顾红梅使了个眼色,李靖彦附和道:"是啊,还是应该去看一下。"

"我自己的身体自己最清楚。"

"外公暂时不想去,你们就别逼他了。"刘祉祎习惯随着外孙称呼顾楚翰。

顾楚翰把头转向李斌:"学习怎么样?"

"还不错,刚考上大学。"顾红梅抢答道。

"孩子大了,让他自己说。"顾楚翰继续问道,"准备读哪个专业?"

"读金融。"

"毕业后和你爸一样,到银行工作,赚大钱。"

刘祉祎准备做饭,顾红梅让她别下厨,全家出去吃。刘祉祎说顾楚翰的身体状况没法出门,况且小菜已经洗净切好。顾红梅就跟进厨房打下手。顾楚翰把李斌叫到跟前,塞给他一沓百元大钞。李斌说不要,顾楚翰道:"拿着。"汗珠从他额头滴下。李斌只得接过钱,放在床尾。顾楚翰又开始讲他那些陈年烂谷子往事,他说得很慢,有的情节已复述过许多遍,每次都像第一遍说。忽然他暂停说话,看着外孙仿佛不认识一般。顾楚翰有时会走神,一种可能是因肺功能不足导致大脑缺氧,另一种可能是癌细胞已扩散到脑部,家人更愿意相信前者。他又缓过神来:"前面说到哪儿了,噢,说到你舅舅小时候走丢了。"他又往搪瓷杯里吐了口痰:"讲不动了,先不讲了。"看了一眼痰液:"血丝越来越多了。"

晚饭后,李靖彦带儿子回家。顾红梅留下陪夜。烧好热水,倒进大红色的老式热水瓶。热水瓶购于顾楚翰夫妇红宝石婚纪念日,瓶身印有囍字和牡丹图案——原有一对,另一个内胆不慎摔碎,市面上配不到该型号,只能搁置不用——同时添置的还有彩电、餐桌及床上用品。十多年过去,电视机接触不好,需拍打才有信号。被单褪色,金色的龙爪脱线,变成了蟒。顾楚翰因肺活量不足,窗户始终打开保持通风。或许是觉得冷,顾楚翰拎起蟒爪,将被子盖紧。刘祉祎抚摸他的背,他蜷缩着,发出拉风箱般的声音。既不搭理端来的热水,也不理会轻抚的双手。女儿去把搪瓷杯里的痰液倒进马桶,红褐色的血丝是病灶的证据。顾楚翰掀开被子,用双臂支撑身体,向前挪动。十分钟只移动了一小幅距离,像刚跑完长跑,五官扭曲在一起。顾红梅搀扶他,发现棉毛衫已湿透。他呼吸急促,胸膛起伏,下腹鼓出拳头大小的一个气囊。顾楚翰惨叫一声按压腹部,许久气囊才消退。顾楚翰扶着床沿勉强起身,冷汗从鬓角流下,咳嗽恍若上了发条无休无止。他阴影般伫立。顾红梅看不清父亲的脸庞,长期病痛折磨下,顾楚翰体力大不如前,连去卫生间都是一场跋涉。刘祉祎去取痰盂,顾红梅离开房间回避。顾楚翰站了很久,才憋出几滴尿,叹息道:"生不如死啊。"

冬天的夜黑得早,风砰上了房门。趴在床边的顾红梅被惊醒,顾楚翰倚坐憋着喉咙,见女儿醒来,临界点被突破,狂咳不止。他打开床头灯,把纸巾从嘴边拿开,上面有一滩血迹。

顾楚翰捏紧手帕,让女儿倒一杯热水。他从钱包夹层抽出一张泛黄的相片,相片上一个女人的微笑被定格。她戴着无檐军帽,正中缝着红五角星,墨绿色军装褪成了草黄色。顾楚翰多年没翻出这张照片,意识到此生已不可能再相见,他轻声念道:"亚男,对不起,先走一步了。"似乎在说给亚男听,又似乎在对某处深渊说话。手指一搓,照片的颜色被刮去。反复几次,包进纸巾,投入床边的垃圾桶中。

乌云遮挡月色,雨水飘进窗户,打湿窗台上的盆栽。植株疏于浇灌,枝叶失去了原本的光彩。顾红梅往茶杯里吹气,蒸汽飘散。她注意到顾楚翰眼眶红了,问爸爸你哪儿不舒服?顾楚翰道:"说不清哪儿不舒服,浑身难受。"他抿了两口水,脖子上是树皮般耷拉下来的皮肤。顾红梅托住他的头,让他躺下。这已是顾楚翰第三次起夜,反复被吵醒比熬通宵更难受。顾红梅索性裹着大衣坐在沙发上,也不愿躺下来。

因失眠和病痛,黑夜显得格外漫长。确诊后,顾楚翰没有理会妻儿的安慰,像是把他们屏蔽了。他瘫在床上,晚饭时才站起来,象征性动几下筷子,嘴里没味道,最爱的糖醋小排也味同嚼蜡。顾楚翰想通了，怎么活都是一天，病魔不让我好过，我偏要好好过。一种催眠般的自我意志，虽体力不支，还是搭着刘祉祎的肩，坚持在客厅踱步。刘祉祎劝他走不动不要硬撑，静养就好。他说一动不动难道等死？为补充营养，刘祉祎一日三餐换着花样做菜，他一度食欲还不错。唯有一件事无法忍受，只要躺下便喘咳不止。痰液粘连在呼吸道，强烈的异物感使他无法入睡。健康人休息不足抵抗力都会下降，何况病人。顾楚翰再次咳醒，抽搐成卷曲的橡皮筋。顾红梅照例去按摩，发现没有作用，情急之下喊道，妈快过来一下。睡在隔壁的刘祉祎赶忙过来，顾楚翰面色苍白，嘴唇发紫。刘祉祎顺着他后背向下轻拍推压。几分钟后，他终于透过气来，人完全虚脱了。刘祉祎动作没停，告诉女儿："每次都像闯鬼门关。"顾红梅吓傻了，刚刚过去的几分钟有几个世纪那么长。莫名的无助感淹没了她，如何缓解亲人的痛苦，即便是安乐死，也受到法律与伦理的羁绊，变成无解的僵局。她推开虚掩的房门，泪水模糊了视线，被一道白光晃得睁不开眼睛。

4

远处流星滑过，靠近看原来是只散发着幽光的白鹦鹉。白鹦鹉飞到她面前，抖落羽毛，散落的翎羽堆积成人的轮廓，幻化为一个闭着眼睛的男人。一袭雪白色大衣和高领毛衣，头戴金色王冠。顾红梅认出了他，男人睁开眼睛，黑夜变成白昼，满天繁星闪耀，照亮无边的黑暗。

顾红梅漂浮在半空中："你是谁？"

寂静中听不到任何声音，顾红梅听见了他的心语：我是白无常。

顾红梅想，应该是做梦吧，世界上怎么会有无常呢？

白无常注视着她："世事本就无常。"

"你看穿了生死，当然会这么说。"

"越是看多了生离死别，反而越看不透了。"

"都是些空话。他是我爸爸，我不想办法救他，谁救他。"

"你父亲面对绝症做了抉择，你应该尊重他。"

白无常摘下王冠，掷向空中。在无重力的环境下，王冠飘了很远，化成金黄色圆点。发光的天体像风车般围绕着圆点旋转，形成一个螺旋状的星云。圆点变成蔚蓝色，凝结成瞳孔状的晶体。

"因形似人眼，这片星云被称作上帝之眼，观察着人间。"白无常解释道，"看待事物的角度不同，看出的世界也不同。你所认为的好，对你父亲可能是煎熬。"

"你凭什么这么说，作为女儿，希望父亲活着有什么错？"

"是真心希望，还是自私呢？或是以爱的名义绑架，顾虑别人的眼光呢？"

"上帝之眼"投射出一道光线，好似投影仪，放映出一张旧照片。五角星军帽的女人面带笑容，长睫毛的她梳着麻花辫。

白无常问道："她叫金亚男，你认识么？"顾红梅看着肖像："认识。"金亚男的面容在她脑海中越来越清晰，她感觉身体往下沉，陷入漩涡之中。

顾红梅上大学没多久，和高中时交往的男友分手了。因心情不好，决定绕远路回家。走过曾与男友一同结伴放学的路，一切似乎都没有变。小贩们早早等在学校门口，臭豆腐跳进沸腾的油锅，在高温作用下，表皮开始膨胀。炸至淡金黄色，用漏勺捞出，沥干油脂。等油温升高，将臭豆腐再次放入锅中，煎成小麦色捞出。香味弥漫开来，学生们的馋虫被唤醒，手里攥着几分角子，家境不好的同学看着臭豆腐被装入油纸袋子，撒上辣椒粉和甜面酱，咽着口水自我安慰道："那么臭，肯定不好吃。"

桥底是顾红梅和前男友初吻的地方，因为较为隐蔽，害羞的小情侣常会来这里。到了夜里，流浪汉把桥底占领，盖着露出棉絮的被子，结束一天的流浪生活。眼前的画面打断了顾红梅的回忆，她看见顾楚翰和一个梳着麻花辫的女人依偎在一起，顾红梅喊了一声爸，顾楚翰回过头神色慌张："小梅，你怎么在这儿。"顾红梅拔腿就走，听到父亲喊她的名字，没有回头。

在她记忆中，父亲是个正直的人，他年轻时长得英俊，当地人称他"小华侨"，好多女孩子喜欢他。小时候，顾红梅总觉得父亲重男轻女，偏爱哥哥多一点。家里条件拮据，供哥哥读完大学，没多余的能力再培养一个大学生。起初，顾楚翰希望她早点工作,不要继续深造。但录取通知书寄到家里,他还是四处借款,咬牙坚持让女儿读书。那时候,顾红梅才知道,父亲爱自己跟爱哥哥一样多,也许少一点,也不会少很多。当她目睹那一幕,不敢相信这个偷情的中年男人是自己的父亲。

顾红梅打算暂不告诉母亲,刚好家里没人,她翻找父亲的口袋,试图找到蛛丝马迹。顾楚翰向来谨慎,顾红梅的小算盘落空了。她静下心分析,父亲没有太多社交活动,那女的最大可能是单位同事。等到周一,溜到顾楚翰单位,一个个房间瞄过去,果然在二楼办公室发现了她。顾红梅觉得这事不光彩,也不想闹大。既然知道对方是谁,找个机会面谈更为妥当。她转身离开,被单位里的保安谢大爷撞见:"小梅啊,长这么高了,你爸在楼上开会。"

"我不上去了,谢伯伯继续派报纸吧。"

过了两天,顾红梅再次来到父亲单位。下班时间一到,那个女的推着自行车出来,被她堵住了去路:"喂,我有话想和你说。"

"你是楚翰的女儿吧,你们长得真像。"

"你能不能别叫我爸楚翰,也不嫌害臊。"

顾红梅表明来意,希望她离开父亲,不要破坏别人的家庭:"这不仅是你们俩的事,你不退出的话,我就去你们单位举报。"

她思忖了一下:"我按照你说的做,但你答应我,这事不能和任何人说。你爸马上要升职了。如果举报,不但无法升职,很可能被开除,他就不能供你上大学了。"

顾红梅点点头，两人一个向左回学校，一个推着自行车往右回家。

"上帝之眼"慢慢阖上，变成一颗星星，飞回白无常手里："不久她就结婚了，当然是和另一个男人。她给你父亲寄了封信，交代了当初离开他的原因。之后，你应该感觉到父亲对你变得冷淡。"

顾红梅不承认："我爸爸本来就有点重男轻女。"

"他们本来也不一定有结果，两个人相处久了，往往会因为矛盾和误解而分开，但你的介入，使他们在最幸福的时刻被拆散，留下了美好的回忆。"

不知白无常有什么魔力，好像触摸到顾红梅内心柔软的部分，她略带哭腔道："我也是为这个家好，可大家好像都不幸福。"

"你担心张扬出去会没面子，就像现在坚持让父亲接受治疗，一方面是出于孝心，另一方面也是姿态，"白无常道，"你想证明比哥哥更关心他。"

"我哪里比不上我哥，"顾红梅说，"托关系找医生，抢着付医药费，我在澳洲天高皇帝远，让我哥陪爸去检查，电话里求了他好多次。"

画面转换，顾红梅忽然出现在灵古公园，顾楚翰领着她和哥哥，园内的无梁殿采用砖砌拱券结构，没有木梁固定承重。穿过铁门，大殿中央有三块黑框石碑。日光透过东侧高窗，照在中间那块石碑前，上刻"国民革命烈士之灵位"。左右两侧，分别篆有中华民国国歌歌词和国父遗嘱。顾楚翰牵着子女的手,绕过拱门,青石碑上密密麻麻刻着国民革命军阵亡将士的名字,顾红梅问:"爸爸你有一天也会离开我们么?"

"爸爸会像天上的星星,永远陪着你们。"顾楚翰俯身道。

顾红梅悬浮在浩瀚的宇宙中。三块石牌变成星云中琉璃状的气柱,烈士的名字化为气柱上的星辰。顾红梅曾在杂志上看到太空摄影展,眼前景象与其中一幅由哈勃太空望远镜拍摄的"众生之柱"一模一样——环顾四周,白无常消失于虚无之中。顾楚翰在叫她,她迷迷糊糊睁开眼睛:"爸,怎么了?"

"有点饿了,帮我微波炉转个馒头。"

顾红梅站起身,努力回忆刚才的梦,却记不太清了。

5

一宿没休息好,顾红梅回到家倒在沙发上。手机抖了一下,是邓医生的短信。刚得知父亲病情时,顾红梅向朋友们打听,邓医生是被推荐次数最多的呼吸科医生。托朋友取得联系后,顾红梅嘱咐顾碧松将病例和片子送给邓医生。顾碧松不太愿意,表示已去过多家医院复诊过,说法基本一致。顾红梅坚持,顾碧松只能又跑了一次。邓医生把同样结论告诉了顾碧松。顾碧松说:"我妹不能接受现实,麻烦您亲自和她说一声。"

邓医生短信上说:"病历和片子已经看过,只能相信奇迹。"奇迹一词对于医学来说并不严谨,却给顾红梅平添了希望。邓医生面对过各种各样的家属,理解她的想法,他提醒道:"哪怕病人同意后期依靠呼吸器生存,生活质量也是不高的,家属要有思想准备。"

顾红梅打算再去父母家,说服顾楚翰继续治疗。出门时看见李斌在浏览网页,告诫他不要整天玩电脑,对视力不好。李斌站起身,从果盘里拿了个苹果,也不削皮,边吃边远眺窗外。

顾红梅赶到父母家,刘祉祎见女儿来了,以买菜为由,忙拖她下楼。去菜场的路上,刘祉祎神色为难,像做错事的小孩。

顾红梅问:"发生什么事了,为什么不让我进屋?"

"刚才你哥在楼上,你爸把遗嘱给他了。除了房子给我养老,其余部分都传你哥了。"

"他是儿子,难道我不是女儿么?肯定是我哥问他讨的。"

"你不要和他们吵,你爸是病人,让着他点,有机会我再做他思想工作。"

顾红梅想起了那个梦,心想过去了那么久,我爸一定还在为那件事记恨我。

买了菜回家,刘祉祎在厨房里忙。顾红梅让她不用准备晚饭,刘祉祎轻声说:"还能一块儿吃几顿啊,去和你爸多说说话。"顾红梅进屋,看到顾碧松正在帮顾楚翰穿衣服。她回想起白无常的话:"爸,你不愿意去医院,我们就不去了。"顾楚翰眼皮抬不起来,只是咳喘。

为防止饭菜冷掉,每道菜都扣上了盘子保温。将伸缩式餐桌两端的弧形餐板打开，披上一次性桌布，小方桌变成了圆桌。掀起盘子，小炒们还冒着热气，都是顾楚翰爱吃的，他却说:“不想吃红烧肉，炒个青菜吧。”

俗话说，久病无孝子，即便是多年的夫妻，情绪积压到一定浓度时，也会抱怨:“你下午不是想吃红烧肉么？再这样，我以后不烧了。”

顾碧松忙打圆场:“妈，你放着吧，我来吃。”

刘祉祎去炒了盘菜心，为抵御严寒，青菜把多余的淀粉转换成葡萄糖，变得更香甜软糯。顾楚翰尝了一口，又搛了一筷。顾红梅记得父亲不是挑食的人，小时候过年，他会把两只鸡腿留给她和哥哥，自己啃剩下的鸡脖。他声称不喜欢鸡腿，只喜欢脖子肉。后来和母亲的交流中，顾红梅得知父亲最喜欢的就是鸡腿。婚后为省钱盖房，他很少开荤。攒下肉票和别人兑稀缺的水泥票。

晚饭后，顾红梅扶父亲上床，估计是连续几天没休息好，顾楚翰很快睡着了，发出沉重的鼾声。

安顿完父亲，顾氏兄妹告辞回家。晚风萧瑟，挟带潮湿的雾气，有种淡淡的酸黄瓜味。小区里的实木桥经过风吹雨打，木板出现了裂缝，踩上去的质地像红酒的软木塞。光线不足的环境下，顾碧松的肤色更加黝黑:“爸把遗嘱给我了。”

“知道了。”

“你别放在心上，等爸走了我们商议下，我们兄妹不能为了这些钱不愉快。”

顾碧松的话,让她想起顾楚翰曾生过一场重病,被江湖巫医骗说是不治之症。巫医本想推销假药赚上一笔。谁知顾楚翰家境困难负担不起,他把两个孩子叫到身前,把代为保管的压岁钱还给他们,叮嘱他们好好学习。过了几天,奇迹降临,怪病不治而愈,顾楚翰又把压岁钱要了回去。不同的是,这一次父亲没把遗产留给她,痊愈的奇迹似乎也不会再出现了。

"爸既然当面给你,就是担心我和你抢。你留着吧,等你生意好转了再说。"

"最近手头紧,还有你垫给爸看病的钱,到时候一并还你。"

"爸的资产我大致清楚。当时有个地产项目推荐他投资,赚了三十多万。"顾红梅叹了口气,"我倒不是在乎那些钱,老头心里没我。从小到大只表扬过我一次,我第一次拿工资给他买酒,他说了句'女儿懂事了,长大了'。每个字我都记得。"顾红梅潸然泪下。

沿着玄武湖,远处的矮平房被高楼替代,群山藏匿其中。黑夜中的亭台宛若囚笼,野草吸收了落叶的养分,从石缝中钻出,又被行人一脚踩扁。流浪猫窝在假山石的空洞中,最胖的那只卡在中间,小孩伸手去抓,它却敏捷地溜走了。

回到家,钥匙插入锁孔,转了几圈都打不开门锁,李斌听到动静,去开门。顾红梅摘下围巾挂在衣架上,拨通邓医生电话,表示父亲不愿配合就诊,她只能遵从他的意愿。邓医生礼貌性地回了几句,取消了预约。

李斌捧着笔记本电脑,走到顾红梅面前,给她看学校院系资料:"妈,我不想读金融了,想换医学。"

"这怎么行,当医生太辛苦了。再说,我跟很多朋友说你考上了澳洲最好的商学院。"

李靖彦在看财经报纸,不参与讨论。李斌说:"这几天看外公,觉得他太可怜了,病患应该需要更多的帮助。"

顾红梅听见窗外的鸟鸣声,似乎想起了什么。她移回视线,抬头看比自己高出一个头的儿子,竟觉得有些陌生。一代代人花开花谢,是生命中最大的奇迹。她清了清嗓子:"算了,活了大半辈子,不做给外人看了。你考虑清楚,自己决定。"李靖彦在一旁说:"儿子大了,有自己主意了。"

夜深了,清泠的月光透过针叶,被剪裁成银白色的窗花。父子俩入睡了,顾红梅坐到电脑前,删除了多封垃圾邮件,此前发送的申请已得到回复,公司考虑到她家里的情况,同意让她临时做些国内业务,并将新的工作资料传给了她。顾红梅将注意力集中在这些资料上,不去想父亲的病情。直到系统提示电量不足,才想起忘了给电脑接电源。她去找充电器,无意间看到一块黄白相间的雨花石——那是念初一时,父亲带她去参观总统府,经过一个雨花石地摊,买了送给她的。

2017 年 2 月 15 日,于上海苏州河畔寓中

7 月 24 日,修改于布里斯班

自由与枪声

1

机长广播,提醒乘客即将抵达目的地——纽约,我张开眼睛,邻座女士显得不太耐烦,嘴里碎念着。气压差,耳朵内充斥着恼人的虫鸣声,飞虫们似乎商议着如何钻入我的大脑。使劲张大嘴巴,想为虫鸣声提供出口,但并不奏效。听不太清那妇女在说什么,或抱怨什么,气流颠簸同样使我心烦意乱,我没休息好,浑身快散架了。说不上来是种什么感觉,眩晕、麻木、恶心,抑或都是。打开遮光板,远处城市的光无边无际。不适感使时间概念变得模糊,我不确定飞机盘旋了多久,只知它驶向璀璨星海。彭诗敏看上去有点紧张,她吁了一口气,这时如果尹智在的话,一定会讲笑话逗这个新来的美编。此次出差原计划由他带队,临行前一周,他通知我家里出了点状况,去不成了。他知道我的十年期美签在有效期内,希望我代替他去。

尹智是我大学同学兼室友,也是我身边最聪明的人。曾经,我以为聪明是指那些学识渊博的人。他摆了摆手,有知识不代表有智慧,空有知识是迂腐的。第一次听他这么说时,我们还不熟悉,我觉得他自负。后来,我开始明白了他的意思。举个简单的例子,一次我去计算机系找他。他正上编程课,戴眼镜的教授一边在电脑上输入指令,一边讲解。当运行程序时,投影仪屏幕显示出异常。教授关闭窗口,检查了一遍代码,没查出问题所在。他举手示意,说出一堆佶屈聱牙的专业术语。教授思忖片刻,说你是对的,便把代码修正了。软件正常运行,教授看着底下学生疑惑的表情,解释这段代码的含义,并说这种方法不会出现在本学期的考试中,暂可不必掌握。学生们窃笑,我走到尹智身边,将书递给他:"你很厉害。"

他说:"十年内这些东西都要被淘汰。"

我说:"我不懂电脑,你是指这种编程语言?"

他说:"不是,我是说这种设计思想落后,很快就是自媒体时代了。"

毕业后,我在一家报社工作,随着智能手机和社交软件开始普及,传统媒体受到很大冲击。报社内部传出要裁员的消息,弄得人心惶惶。我主动递上辞呈,总编读出我的顾虑,表示我不用担心,他欣赏我的业务能力,不会拿我开刀。我谢绝了挽留,我不喜欢前景暗淡的工作。我的文字仿佛被铐上了枷锁,语言变成了机械重复。看似专业对口,其实与理想背道而驰。这不能说我放弃了新闻情怀,而是不想成为某种意识形态的宣传工具。恰在这时,尹智给我打电话,说自己正在创业,融资办了一家新媒体创意公司,结合视频、网站、APP 等终端做自媒体,邀请我加盟。

"我对你们这行不是很了解,怕不合适。"我没说出真实的疑虑,和朋友合作,往往会使友情变味。

他说:"我们需要一个文字方面的主编,你试一下吧。"

"那好吧。"我去尹智公司的那天,他正在会议室开会,见我过来,示意我落座,我靠边坐下。会议流程与报社的不太一样,没有冗长的发言,每个小组轮流发表提案,所有项目直切重点,落实到具体执行层面。尹智大多时候只是聆听,只有当出现有争议的选题时,才会发言。这种高效且有活力的节奏吸引了我。经过一番考虑,我加入了他的创业团队。

……飞机着陆,耳朵内的飞虫隐匿了。我与比利取得联系,十分钟后,他开着面包车来接机,摘下墨镜,依次和我们握手,帮忙将行李和摄影器材装进后备厢。一路上,他充当导游,为我们介绍沿途景点,以及当地的房价、税收、好餐馆,包括富人区发生的风流韵事。几乎所有人都被困意侵袭,哈欠连天,他把空调风速降低,放上舒缓的纯音乐。

车开到法拉盛,放缓了车速。比利清了清嗓子,重新当起了导游:"这就是著名的法拉盛缅街。"我把头探出车窗,一个老婆婆比画着手势,用蹩脚的英文在水果摊讨价还价。

彭诗敏失望地说:"和国内没什么区别,路面还脏兮兮的。"

比利说:"别急,明天带你去繁华的曼哈顿。"

在王子街转弯,比利将车停在一家海鲜酒楼门口:"这里没车位,我去前面停,你们先进去。对了,护照和贵重物品都带身上，这里的治安说不清楚。"

我背包下车，打量周遭：破旧的招牌与横幅狗皮膏药般贴在同样破旧的建筑立面上，店名的色彩和字体彼此间像在推搡，广告灯亮得突兀，大块光斑掉在人行道上，仿佛被照耀出的区域可以多摆一张露天餐桌。

老板娘笑脸相迎，给我们安排了大桌子。同行女记者从包里拿出护手霜，抹了一点。

彭诗敏说："这牌子好不好用，前几天有朋友推荐过。"

"你要试试么？"

"好啊。"

"挺好闻的。"她补充道。

她们开始聊综艺、时装和化妆品。比利走进餐厅，老板娘招呼道："大摄影师，很久没光顾了，今天吃点什么？"

"跟朋友一块儿来的，大龙虾要大，接待客人用的，其他让他们点。"

"放心，肯定让你有面子。"

"好，我先过去了。"

比利就座，指了指桌上的菜单："你们传阅一下，想吃什么自己点，今天我来尽地主之谊，别客气。"

彭诗敏掀了一页菜单："你点就行了，我们刚来也不熟，有什么推荐么？"

"我让厨房做了大龙虾，这家的龙虾是加拿大的，吃口比波士顿龙虾更紧致。"

点完菜,我安排了一下明天的行程。这次来纽约,尹智想做个公司成立三周年的特别专题,我们挑选了一些纽约的嘉宾进行采访和报道,尽可能将多项活动日程集中在一块。

"春夏时装周对那两位大陆明星的采访比较重要。具体事宜出发前强调过了,就不重复了。人员有所调整,原来计划两位摄影师,现在小董也跟你们一起。"

"那你不是就没有摄影师了?"

"我和比利商量过了,他和助手明天负责这边的拍摄。"

"你们的大型摄影仪器不方便携带,需要什么可以问我工作室借,轨道和航拍器都有。"

晚饭快结束时,比利起身说去卫生间。彭诗敏小声对我说:"他该不会去买单吧,太不好意思了,要不我把他拦下来?"

我说:"先让他付吧,抢单反而弄得尴尬,改天我们请回来。"

比利载我们到住处。此行没订酒店,而是在 Airbnb 上选择了性价比较高的民宿。公司融资虽已到第二轮,但尚未盈利,尹智不主张铺张。

比利说:"快到了。"

发现大家几乎都睡着了,只有彭诗敏精神很好,拿手机拍着街景。

比利说:"我这摄影师快下岗了,明天拍摄工作就交给你了。"

彭诗敏:"我拿手机随便瞎拍,水平哪能跟你比。"

　　因订不到合适六人住的房子，便挑了两个相邻的住处。两个女员工住条件稍好的公寓。我们四个男的，住在相对拥挤的屋子里。

　　根据导航，比利开到了目的地，眼前却是一爿中式快餐店。起初以为搞错了，核对门牌无误。我跟比利下车，走进快餐店，老板是个秃顶男人，说准备打烊了。比利询问住处是不是这里。

　　秃顶男人说："是这里，你们是租客吧？"

　　我说："是的，这里不是饭店么？和预定网页上的照片不符。"

　　秃顶男人说："前店后住宿，我带你们去。"

　　跟着秃顶男人绕到后门，他取出钥匙交给我。

　　进了屋，一楼逼仄。老板娘正在包馄饨，跟我们打招呼，手没停下来。秃顶男人介绍说这是他老婆，大馄饨是本店一绝。除了双休日，每晚都包一百个，次日早餐时段卖。一碗十个，每天限定十碗。

　　老板娘说："来了美国，没什么别的本事，只会包包饺子，烧烧饭。"

　　比利说："谦虚了，我也没什么本事，就会拍拍照片。"

　　秃顶男人领我们上三楼，楼梯看起来是后搭的，每次只能通过一个人。比利说："老板啊，这楼梯要是大胖子，怕是会卡住。"

　　秃顶男人说："没办法，在美国谋生都靠自己，沿街隔成了餐厅,后屋就小了。"

他走路有点跛,见我瞄他的腿,说:"为了生计,脏活累活干了不少,不小心砸坏了脚。"

"不容易。"

"我儿子原本住二楼,怕打扰他学习,就没把三楼的空房租出去。"秃顶男人说,"后来他上了大学,有了工作,回来少了,但他的房间一直给他留着。"

他继续说:"儿子现在出息了,给我们买了房子,我们现在还能干,等干不动了,就搬过去享福。"

他介绍了客房和卫生间的位置,关照了几句,攀着扶手下楼了。我们走回车里,叫醒其他人。大家下了车,比利帮我们搬完行李,确定了明天见面的时间,便开车回去了。

收拾完行李,洗了个澡。打开电脑,快半夜十二点了,给手机充上电,调好闹钟。在微信群里通知彭诗敏明早的集合时间,同事小董还在洗澡,我将枕头换了个方向,先睡了。

2

做了个噩梦,没等闹钟响就醒了。撑开百叶窗,天空是不透明的铅灰色。实在睡不着,怕打扰小董休息,放轻脚步走向卫生间,地板还是吱吱作响。洗漱毕,吹头发抹发蜡,换上西装革履。下楼,老板夫妇已开始忙碌。

老板娘说:"早安,帅小伙子。"

我说:"早,这么早就在忙了?"

秃顶男人说:"是啊,马上营业了,要不要尝尝我家的招牌馄饨。"

人虽醒了,胃还睡着,不过他们这么热情,我也不好意思拒绝:"那我帮你们开开张。"

老板娘说:"不用,是送你的,你房租里含早餐的。"

秃顶男人说:"我先去前面忙了,你帮他下一碗。"

老板娘应了声,一锅水早已煮沸,准备下馄饨。我拿出手机,刷了会儿朋友圈。热腾腾的馄饨端了上来,碗面漂着葱花、紫菜和虾皮。

拿起勺子吹掉热气,舀一口汤:"没想到在美国还能吃到这么地道的中国点心,有点麻油就更好了。"

老板娘:"一急就忘了,麻油有,这就给你倒,我儿子也喜欢放麻油。"

吃完馄饨,再次赞了老板娘的厨艺。比利给我发来微信,表示已到住处来接我了。和老板娘道别,走出房门。

彭诗敏穿着水蓝色衬衫、阔腿西裤和芝麻米色风衣,拿着包子和豆浆站在车边,冲我笑笑。

我说:"你穿高跟鞋很漂亮。"

她说:"谢谢,应该还没吃早饭吧。"

我说:"吃了一点馄饨。"

她眼神中晃过一丝失望。

我说:"不过没吃饱,这是买给我的?"

她说:"嗯,趁热吃,当心别溅衣服上。"

我边吃边问:"这么早,上哪里买的早餐?"

她说:"过来的时候路过一家点心店,顺便帮你也买了些。"

我说:"我们的胃还是中国胃。"

经过曼哈顿,街道旁的建筑物逐渐生长,好像树一般,每棵近看都有所不同,整体观察,则森林般气派。从第一大道到第十二大道,摩天大楼鳞次栉比。曾以为我所居住的城市,那些步行街已足够繁华。现在看来,与这块"肌肉"相比,那些只是毛细血管。彭诗敏显然也被震撼了,静静看着窗外,忘了拍照。

"前面就是中央公园吧。"彭诗敏问。

"嗯,今天出来早,还有时间。中央公园是长条形的,我带你们沿着一边开。"比利说。

"这规模,开一边要蛮久吧。"

"不堵的话,十来分钟左右。"

"美国政府真好,这么大一块绿地,你看,那些小孩笑得多开心。"

"中央公园属于每个公民,和政府没太大关系。这里从小的教育就是这样,中央公园地段这么好,还有曼哈顿对面的大片私人坟地,相当于上海陆家嘴对面的外滩,顶级地段用来做坟场,谁也没权利动它。"

我说:"这里大多数高楼,都是属于私人的。只要努力,你也有可能买下这里的楼。"

彭诗敏说:"怎么可能。"

"每个人都有可能,这就是美国梦,"比利笑着说,"差不多到头了,现在直接过去了。"

到达艺术学院,今天采访的对象是韩明瑜。之前在报社听闻过她的事迹,舞蹈学院的优等生,本科毕业后前往美国深造,攻读编导系。在许多电影和话剧作品中担任舞蹈总监,获得过权威奖项,有一定国际知名度。这次由她改编的音乐剧《自由与枪声》将于下个月初上演,她希望通过我司平台推广宣传,有助于日后在国内巡演,尹智觉得这个合作机会契合三周年的选题。

走进练舞房,四面落地镜使空间看起来更宽敞。舞蹈演员正在做准备操。韩明瑜倚靠木质把杆。左边是个将头发扎成圆髻的外国人,右边是个面目清秀的亚裔。韩明瑜目光扫向彩排方阵,好像对舞者的表现不是很满意。准备操结束,韩明瑜喊道:"解散,黄锭欣过来一下。"人群向两边散去——有人从包里拿出保温杯喝水,有人盘腿坐下和身边人聊天——留下一个清瘦的身影,她垫脚走向前,韩明瑜和她说了些什么,她重复了几个舞蹈动作,韩明瑜点点头。她走到一边,对着镜子继续练习。

比利的两名助手到了有一会儿了,趁这个空当,我们上前,与韩明瑜及另两名舞蹈老师握手问好。

我问道：“这次拍摄有什么需要特别注意的地方？”

她说：“就按之前说好的来。”

我说：“那好，午休的时候安排专访。”

摄影助手说：“有些舞蹈动作幅度大，拍出来可能会糊，需不需要铺轨道，把动感拍出来。”

比利说：“不需要，用三轴就行，四面都是落地镜，轨道很容易入画，不好看。”

韩明瑜表示赞同：“用轨道的话，室内面积会减小，不方便排练，还可能使演员受伤。”

比利交代了助手几句，便回到岗位上调整摄影器材的位置和角度。我和彭诗敏在长椅上坐下来。舞蹈演员归位，音乐响起，我的目光渐渐聚焦到那个叫黄锭欣的女孩身上，听说长期跳舞蹈的人背脊会更挺拔，站姿也直。她的身姿印证了这句话，直视她不礼貌，我将目光扫向其他人，以免显得自己居心不良。其实，或许并没有人在留意我，或许留意到了不予揭穿，在得出结论之前，每一种猜测皆有可能。

伴奏戛然而止，韩明瑜似乎永远不满意舞者的表现。当然，我是外行，看不出其中的门道，不过，点评之后他们的动作确实更整齐划一了。如果尹智听我这么说，大概会笑话。大学军训，他曾对我说，他不喜欢整齐划一这个词，还说这个词是镣铐。我说，那你出操为什么这么认真。他解释道，这就是症结所在，所有人都这么做的时候，自己也不得不这么做。我感觉他的话只说了一半，继续追问，却没有得到回答。

旋律重复播放,舞者迅速归位,保持站立。到了第二个八拍,舞者开始缓慢移动,随着音乐声渐强,动作幅度也越来越大。他们时而狂舞,一跃而起,脚尖蜻蜓点水,轻盈落地。时而扭动,在背景枪声中依次倒下,蜷缩成团,躺在木地板上排成圆圈。一声奏鸣,他们猛地爬起,又颓然摔下。

"你看到了什么?"韩明瑜问我。

"彷徨。"我回过神来,上午的排练结束了,舞者进入更衣间,男人们很快就披着外套出来了。女更衣室里传出嬉笑,好一会儿才陆续跑出几个女人。

"看来还不累,累了就没闲工夫聊天了,"韩明瑜说,"快抓紧吃饭,一个半小时休息时间。"

"有彷徨,也有迷茫。"韩明瑜转回头说。

"吃完饭就开始采访吧。"比利说,"我前面看了,楼上那个露台光线不错,我们等下上去拍。"

"可以,"韩明瑜说,"我换双鞋子,舞鞋有些脏了。"

比利带着两个助手上楼布景,我担心他们不吃午餐会饿,便让彭诗敏去附近买点面包。

这时候,黄锭欣离开了更衣间,边走边照落地镜,她头发披散下来,抬手将发丝撩到一边。大概发现了我在看她,冲我动了下嘴角,跟韩明瑜打了声招呼,便走了。这打消了我的疑虑,或许她并没发现我的注视。

3

到了周末,因为没采访任务,彭诗敏和另一个女同事去逛街了,她本来也约了我,我以赶稿为由婉拒了——这不能说明我是一个说谎的人,我原计划在家休息一天——到老板娘的饭店点了碗牛肉面,开始整理韩明瑜的采访稿,回忆着那天的场景,一时也想不起有什么亮点。我取出录音笔,推敲从哪里可以做文章。

"您之前都改编一些经典篇目进行编舞,这次为什么选择《自由与枪声》这样比较新的文本进行创作?"

"我很喜欢这篇小说,相比之前的创作,这次的切入点会放在小人物身上,而不是历史的宏大叙事。"

"看了您的彩排,发现你特别严格。"

"舞者的黄金期很短,这些舞者大多是精心挑选的,有的跟了我很久,希望他们能从我这里学到一些真的东西。"

临近采访尾声,我问了一句:"您对儿子也很严格么?"

她突然笑了:"没什么要求,他过得开心就行。"

零散写了几段,发现状态不是很好。索性关上电脑出了门。前几天,比利推荐过大都会博物馆:"这次来得巧,最近正在举办秦汉文明展,很多展品都是首次亮相,据说这个展筹备了十年。"我对文物的兴趣不大,但不意味对历史不感兴趣。既然来了纽约,不如去观摩一下,毕竟"大都会"大名鼎鼎,被誉为世界四大博物馆之一。

时间尚早,搭乘地铁前往曼哈顿,走下楼梯,闷热的空气变成一张蜘蛛网,粘上的行人被卷进幽深的隧道之中。列车速度不快,可能是年久失修的缘故,开到半路还停了一下。出了地铁,一路走马观花,中途还走岔了两次路,我始终保持一个浪漫的看法,有些弯路是为了看到不同景色。尹智对此并不认同,他认为这只是为错误找借口,人生短暂,有的弯路并无意义。

博物馆正门口,带着花饰的廊柱举高了建筑,人们坐在台阶上观赏黑人乐队的即兴表演。乐队由三个人组成,主唱和吉他手长得很像,我怀疑他们是一对亲兄弟。主唱的嘴巴里抖出复杂的颤音,吉他手同时负责和声。他们没有麦克风,嗓音依然明亮如镜,清晰地穿过最后一排。另一名成员相当于"万金油",口琴、手鼓、三角铁都会一点。蓝调起源于美国黑奴泛滥的时期,在黑暗年代,他们通过音乐来表达现实中的不公、抗争与向往。

买了票,直奔二楼的秦汉文明展区。展区陈列了大量中国文物如铜车马、陶兵俑以及窦绾金缕玉衣,还有一些古代的器皿、钱币、兵器和织物,讲解员说这批文物是博物馆东亚部遍访中国大陆博物馆遴选而来,足迹甚至抵达了县一级博物馆,每件都是同类文物中品相最好的。怪不得我看有些文物历经千年宛如新出厂的赝品,其实却是真家伙。奇怪的是,这些物件越精美,我内心越排斥,工匠们为了制造出奢靡到极致的名器供皇家把玩,须付出才华、青春乃至生命。瞬间觉得这一切浮华虚无且罪恶，反过来说，一个皇帝执迷于珠光宝气，那么气数也快尽了。

逛完秦汉展区，根据地图走向欧洲绘画展区。名家名画数不胜数，米开朗基罗、达芬奇、罗丹、梵高、高更、毕加索、达利、米罗……感觉所有的油画和雕塑大家都被囊括了。看着这些画作，突然想到那位叫黄锭欣的女孩子，似乎她在那些画上舞蹈。我知道采访结束了，如果不出意外，和她不会再相遇了。转念一想，置身同一个城市，说不定会在某个角落不期而遇。

一个窈窕的背影，一袭碎花连衣裙，站在莫奈的《睡莲》前。我拿出手机，她回过头，我刚好拍下这个瞬间。我眼神躲避，假装在拍画，而不是偷拍她。

她看到了我，朝我走来："杨老师，您也在这。"

我说："黄小姐也在呀，真是碰巧。"

她说："正好有空，就来看看，杨老师一个人呀？"

我说："老师担待不起，叫我杨嘉强就好。"

她说："你在拍什么呢？"

我说："那幅《睡莲》。"

"站这么远，能拍清么？给我看看你的摄影技术。"

我把手机递给她，自嘲道："手机摄影大师。"

她看了眼照片："不愧是记者，照得还不错，不过好像不只是拍画嘛。"

我说："我不是摄影记者，技术一般般，主要是画中人好看。"

她说:"老套。"

又说:"加个微信,把照片传我,我晚点发个朋友圈骗点赞。"

我拿出手机,扫了二维码,将照片传给她:"现在都是点赞之交。"

她笑了,她的爽快性格,使我从偷拍的尴尬中解脱出来。

我问道:"今天没去练舞?"

她说:"今天周末,练完晨功就放了。我常来这里看画展,从小喜欢美术,小时候还拿过奖呢。"

"那为什么不当个画家,跳起了舞蹈?"

"家里不同意我学绘画,非要我学钢琴和舞蹈。"

"你舞跳得很好。"

"其实跳得不太好,老师对我不太满意,分配给我的都是配角。"

"老师对你不是不满意,而是期望高,如果真的不满意,早把你换掉了。"

"你怎么知道?"

"采访的时候她告诉我的。"

"好吧,但愿你不是在安慰我。"

跟着黄锭欣在画廊转了一圈,她对画作都很熟悉,给我介绍这些画家的生平,解答大师笔触中的奥秘。看得出她很懂行,是有童子功的。

我说:"那你喜欢跳舞么?"

"一开始挺抵触的,现在也谈不上喜欢,当作一种职业吧。"

"如果不喜欢,别人休息的时候,你为什么还在练习呢。"

"你看到了?"

"嗯。"

"任何事都要自律,我不想做得比别人差。"

"有机会的话,你会不会重拾画笔?"

"我画画是有天赋的,跳舞就没有,可是……"她欲言又止。

"可是什么?"

"丢下太久了,没有那种心境了,你呢,会重新当记者么?"

"我是有新闻理想的,现在还是。逛蛮久了,一块儿吃晚饭吧。"

"我也有点饿了,附近有家不错的西餐厅。"

"我刚来不熟,你带路吧。"

我们离开博物馆,夕阳的余晖照在路边雕塑的侧脸上,雕像睁开眼睛,注视着远方,像在等待戈多。美国的街头雕像,少有中国石狮的庄重表情,形态更自由更有表现力。

走到一条人迹相对稀少的街道,一个衣冠不整的流浪汉看着我们。他头发蓬乱,眼神怪异,裤子垮到很低,露出破损的内裤。他跟着我们,用英文骂着难听的脏话。她有点害怕,靠上来,又不敢显得亲昵,只是揪着我的袖口。我握住她的手:"别怕,不要回头看,他敢上来我就揍他。"

我们牵着手走了一路。

4

翌日上午,隐约听到老板夫妇忙碌的声音,尚未睁眼,就想到了她。昨天晚饭聊了很多,除了中间有两三次停顿,总体还算投机——至少我是这么认为的。她有意无意问了我的生活日常,我躺在床上回想,发觉有些回答差强人意。如果容我重新解释,应该能说得更完满,可在当时语境下,那些话正反映了我的所思所想。如果真重来,会不会属于作弊呢。她不会再找我了吧。想到这里,睁开惺忪的睡眼,看了眼手机。屏幕上提醒有两条微信未读消息——是她发来的。第一句是问我早安,第二段内容较多,大致是问我晚上有没有空去酒吧看小型爵士音乐会。我跟着回复了一句早安,接着输入问她怎么起那么早。想起她说过,周末上午要晨练,于是删除了后半句问话,告诉她我今晚有时间。等了一会儿,没有回音,暗忖她大概在练舞。

打算睡个回笼觉,睡不着了,干脆捧着笔记本电脑在床上继续没写完的采访稿。今天写作状态明显好了很多,一上午基本完成了初稿。这种状态在我被冠上资深记者之后很少出现了。得承认起初曾陶醉别人称呼我"老师"或"著名记者",但这种感觉很快消退了。浮躁迫使我只能将重心放在如何应付繁重的工作上,我疏于追求新闻的深度报道,甚至失去打磨文字的耐心,想着如何去迎合社会热点,琢磨读者的趣味。直到有一天偶遇尹智,他问我写作让你快乐么? 我答不上来。回到家想了很久,虽然写了大量的文章,却越来越享受不到乐趣。我只是熟练地将不同事件的时间、地点和人物机械糅合在一起。为什么这么做? 可能因为这样最高效,一来领导不会退稿,二来也没有心情去刨根问底。尤为可悲的是,当我看到那些热情高涨的新人,心里嘀咕,过几年他们就不会有如此的热忱了。

从报社辞了职,我庆幸没变成自己的领导,没混到高位,没权利去管教那些新人,就不会把他们变成我。尹智认为我在逃避,可能我没有把他们变成我,但有人会代替我这么做,任何一个潜在的角色都可能是个帮凶。当时我没接话,他自嘲道:"或许我也是帮凶。"

尹智创办的这家公司,主要通过视频记录现代城市的生活方式。选题更贴近年轻人的衣食住行,相比陈词滥调,这些都是我比较感兴趣的。

差不多到午饭的时候,几个爱睡懒觉的同事也醒了。黄锭欣发来微信,说晨练结束,自己又多练了一会儿,刚看到手机消息。我问她什么时候见面,她说先和搭档的演员随便吃点东西,回家洗澡换身衣服再碰头。彭诗敏在微信群里问大家要不要一起吃午饭。一边的小董袜子穿到一半,看到消息,回复表示同意,接着穿袜子,发现里外穿反了。

我合上电脑,从床上爬起来,换了件白衬衫,准备和男同事们前往餐厅。彭诗敏她俩晚来了二十分钟,彭诗敏重新解释了迟到的原因——之前她已在微信群解释过了——奚落她的女同事走到半路才发现钱包忘拿了，只能回去取。那个女编辑立马揭发彭诗敏生活上丢三落四的事，就这样你一句我一句吵架似的逗乐。几个男的插科打诨，小董听得入神，忽然话题转到男女八卦，开始议论明星琐事，无非就是谁和谁在一起或分手的话题。

我没参与他们的闲扯，他们也没在意，彭诗敏倒是问我今天话怎么不多。我搪塞说没休息好，他们又接着聊之前的话题。

我不时瞄手机屏幕，她迟迟没来信息。比利倒是发来一条简讯，表示明天需要补拍几组《自由与枪声》音乐剧的素材，让我转告大家。

午餐快结束了，彭诗敏问大家想去哪里玩，他们七嘴八舌。我起身离开，因为黄锭欣的回复来了，她问我具体在哪，说她快到了。我说我有事先走了，他们谈兴正浓，继续制定着游玩计划。

走到路口，她也刚到，简单的白T恤和牛仔短裤。她问我下午想去哪里玩。我说听她安排，她说带我去看自由女神像，又担心登岛的船票售完了，而且现在去会排很久的队。我表示不喜欢排队，远远望一眼即可。她说这样的话可以乘坐Staten Island Ferry（史丹顿岛渡轮），人没那么多而且免费。我对这个方案表示认可。她预约了Uber，司机是中国人，看见我们露出很虚假的热情："两位是来旅游的吧。"

我说："不是的，我来出差，她是留学生。"

"我女儿也是留学生,现在工作好几年了,我当时陪她一起来的。"

"当父母的辛苦了。"

"一开始蛮累的,现在留下来了,压力就没那么大了。"

"拿到绿卡了?"

"嗯,女儿喜欢这里,不想回国了,我干脆就办过来了。"

"你语气里听起来有点可惜。"

"我在这里只能开开出租,干不了别的,还是国内好,你看现在中国经济发展多好。"

我说:"国内好的话,怎么想到把孩子送出国呢?"

"这还不是为了孩子好。"

我没再说话,把头转向黄锭欣,她也刚好扭头看我:"你以后什么打算?"

这个问题她昨晚问过,我当时回答是先在国内工作几年再说。现在她重问一遍,赋予了这个问题新的含义。她想确认我未来的打算,是留洋还是回国,或许最重要的是,我的未来里有没有她的位置,我知道她家里是希望她留在美国的。

"等以后有条件了,可能会考虑出国。""等以后"和"有条件"这样的字眼,是模棱两可的说辞,按我现在的薪水,什么时候承担得起出国定居的费用呢。

她听出我的言外之音,却没拆穿我:"那我这次回国演出,去找你。"

"好。"

"还有,你一定要来看我的演出。"

在史丹顿岛码头等了片刻,随人流上了渡轮,船慢慢驶离,游客守在船舷,江心可以看见壮阔的曼哈顿。人们纷纷拍照留念。等船开到自由女神像正对面,我找到一个不错的角度,对她说,我们也拍一张吧。

她说:"好,我忘记带自拍杆了,你手长来举着吧。"

她靠过来,对着镜头:"把我脸拍小一点。"

我说:"你脸够小了。"

"快点,别逗我笑,拍糊了,你要这么拍。"

"我是人肉自拍杆。"

抵达对岸后,人们又调头搭乘下一班回程的渡轮。

她说:"你看,都是来看自由女神像的。"

我说:"我们不也是,都是俗人。"

回到曼哈顿,我们随意逛逛。沿途看到牛角被摸得锃亮的华尔街铜牛、遇难者名字上插满美国国旗的"911"事件归零地,还有古老的三一教堂。

晚上,我们来到时代广场附近的一家酒吧,点了美式汉堡薯条,要了两大杯啤酒。黄锭欣告诉我说,中间那位爵士钢琴手是她特别喜欢的。我认真听了他的弹奏,琴声孤独带着温暖。

我们和周围的老外一样,听着音乐,喝啤酒聊天。乐队表演得不错,一曲终了,我们随大家鼓掌。那个爵士钢琴手露出了笑容,即兴部分弹得更出彩了。

我们聊了很多,又似乎什么也没有聊。我们沉醉于当下的状态,并不在意聊了些什么。

终于她说:"时间不早了,明天周一,我还要排练。"

我说:"我送你回去。"

我没跟她说明天要去补拍素材,想留给她一个惊喜。

我叫来酒保,准备结账。店内走进一个男人,径直走到角落一桌,连着两声枪声,桌边的男人摔在了地上。人们惊恐万状,朝门口挤去,我拉住她的手,想带她逃跑。持枪男人朝天花板开了一枪,我护住她的头,出口太小,一时挤不出去。

慌乱中,她尖叫了一声:"我的脚。"

我想到可能发生了什么,拉着她走出酒吧。

一离开酒吧,发觉她走路有点瘸,我背起她跑离案发现场。隐约听到枪声还在继续,那个杀手可能疯了,整个曼哈顿上空都是他嚣张的狂笑。我眼睛的余光中,不断有人从那扇小小的门中窜出,朝四面八方狂奔。一只白鹦鹉从我们身边掠过,随后悬停在酒吧门口,化作人形。当所有人都试图逃跑时,他却从容地走进酒吧。慌乱中我以为这是错觉,便没有多想。

拐到另一个路口,黄锭欣让我把她放下来,她蹲在墙角哭了。

"是不是有人踩到你了? 要不要紧?"

"我脚崴得厉害,这次可能上不了台了。"她脸上全是泪水。

我说:"要不要去医院?"

她没有回答我,我帮她脱下鞋子,脚开始肿了。

我说:"还是去医院吧,万一骨折呢。"

　　警方很快封锁了案发现场,寻找着周边的目击证人。一名警察在路口找到了我们,虽长着亚裔的面孔,却说着流利的英文。她一直低着头,没搭理警察。我告诉警察,我是亲历者。警察让我移步做笔录,我看着她,说等一下。

　　我将案发经过告诉警察。留意到他警徽旁别有一枚白鹦鹉图案的胸针,我觉得他长得有点像刚走进酒吧的那个人。警察称我条理清晰,我说我以前是一名记者。他拍了下我的肩膀,谢谢配合。已经有媒体陆续赶来,也包括一些驻外的中国媒体。我心想,这是突发新闻,与其把第一手资源留给别人,不如以亲历者身份进行报道,还能给公司带来一些点击量。

　　将刚才的口述内容在大脑中重温一遍,用手机拍了一些现场画面,登录公司官方微博发布了。刚一上传,一个国内媒体的老友就找到我,用微信语音通话来询问我整个过程。等通话完毕,发觉时间已过去很久。忙回到路口,她已经走了。那一刻,我意识到自己犯了错误,她受了伤,惊魂未定,面临失去一个重要演出的机会。我却在她最需要的时候跑开了,我早已经不是记者了,为什么还要参与这些事呢。

　　我给她打了好几次电话,她都没接。

　　回到住处,心烦意乱地坐在电脑前,用 Google 搜索了相关文献,写了篇抨击美国持枪权的文章发在网上。我仿佛把所有的恼怒、不甘、消极都写了进去。很晚的时候,尹智跟我视频聊天。

　　"你那边还好吧?"

"我没事。"

"那文章建议你删了。"

"为什么？"

"言论过激了。"

"过激？我当时差点死了。"只有我知道，这不是我真正生气的理由。

"你是记者出身，应该比我知道新闻该怎么写。"

"我以前写的就称不上是新闻。"

"你冷静一下，自己再想想。"

尹智说的是对的，他往往是对的。我删除了博文。我想问问她怎么样了，打下长长一段关心的话，犹豫了一下，还是没发出去。

5

第二天下午，同比利他们去补拍镜头。演出方找了一个临时舞台，希望结合灯光和布景达到近似现场的效果。对摄影师来说，也更容易捕捉高质量的镜头。

我们到的时候，他们刚准备开始排练。我跟在一行人后面，知道她看到了我。我却不敢看她。

一套动作下来，韩明瑜将她叫到跟前，小声交谈后，她哭了。

韩明瑜对大家说:"我千叮万嘱,舞者一定要保护好自己的身体。受伤了,现在怎么办?"

舞者们沉默不语。

韩明瑜说:"很快正式演出了,还有几套动作没达到要求。"

俄而,她语气变得柔和,像对着自己孩子那样对黄锭欣说:"我知道这个机会对你很重要,但是不能勉强,不然损伤更大,小伤变大伤,以后就不能跳舞了。你先静养一段时间,等痊愈了老师另外给你找演出机会。"

黄锭欣哽咽着:"好。"

她最终还是失去了这次表演的机会,没等我靠近,她朝我使了个眼色,才知道她也在偷偷注视我。或许她在记恨我,或许她在惦念我,或许她不希望我看到她这个样子。

我停下了脚步,我和她的关系也就此停下了脚步。

回国一段时间后《自由与枪声》在大剧院上演了,我回忆起她说的那句"还有,你一定要来看我的演出。"我买了票去观看,却没看到她的身影。

过了两年,公司规模扩张,尹智让我负责海外版块,我再次前往纽约。临行前,彭诗敏发来一个微信,是一款新出的表情包。她说这个卡通形象叫"大黄",是漫画家黄锭欣手绘的。

我看着"大黄",就像看着她,孤独又带着一丝俏皮。

2017 年 11 月 25 日,于布里斯班

2018 年 1 月 25 日,修改于上海苏州河畔寓中

比长跑更长

1

回到酒店,她已走了。打开衣橱移门,她没蜷缩在内——之前,她曾躲入衣柜制造出走的假象,我出门找,遍寻不见,回来发现她站在房门口——说明这次她真的走了,而不是复制惯用的伎俩。都说情侣旅行,感情在途中要么升温,要么走向终点,后者往往可能性更大。原因很简单,平时隐藏起来的缺点,因为整天黏在一起便会充分暴露。我与她当然有些小的坏习惯,可谈不上恶习。每个人都是不同齿轮,有的看似咬合,实际很容易脱齿。

电话不接,消息不回。上午还在剑河撑篙,在叹息桥合影,在校园参观相传砸中了牛顿的苹果树,到了下午,突然就物是人非了。我想起火车上那个男生的话,"人与人是无法相遇的,有人离开了,给人留下残念。有时我也怀疑,印象里的她是不是真实的她,抑或是虚构的美好幻影罢了"。

她真的走了,我猜她回伦敦了(之前发生过类似情况)。我买了返回伦敦的火车票。坐在对面的高个男生,亚洲面孔,身材健壮,穿着一双高帮跑步鞋。我留意到他的脚比一般人大很多,足有五十码——如此超标得工厂订制了吧——鞋子穿在他脚上格外突兀,也显得他跟前看起来很沉的运动背包变小了。他将透明的运动水瓶放在桌上,半靠着红色椅背。

列车行驶,几栋哥特式建筑消失于视野,他从背包中拿出一本书,封面简洁,白底黑字,顶部由红色线条作装饰,书名《我们从没有真正的活过》——看起来像诗集。我继续给她发微信,屏幕显示对方正在输入,等了一会儿,输入状态消失,也就是说,她将回复删除了。车窗外,已变成乡村小镇,近处是嫩绿的农作物,稍远一些,是低矮的野草野花,更远处,偶尔出现的独栋小屋藏匿于灰色或墨绿色的雾气中。我其实没看风景,是风景闯入了眼帘,手机屏幕再次出现输入,复又消失了。那个男生翻阅着诗集,从包里掏出一本笔记本,怕灵感溜走似的,写了几行字。

车窗外掠过一辆红黑相间的火车,快得只能看到红色虚影,和气流对撞形成的飕飕风声。

他听我在录微信语音,用上海话问我是不是上海人。我抬起头,瞄了眼他的大脚:“是呀。”他察觉到了我对大脚的好奇,收起了二郎腿。攀谈几句后,发现我俩都住浦东,我说:“你手上好像是诗集,是在写诗么?”

“是呀,瞎写几句。”

“我也喜欢读点诗,喜欢玩点音乐。”

“你喜欢诗?刚好给我点评一下,这是草稿,但不要往前翻。”

我接过笔记本,几行字倾斜在横线中间:

蒲公英是风中的幸存者,
不懂风语,
没有花香,
幽灵般游荡。

我们从没有真正的活过,
在遇见爱情之前。

我说:"我最近想写首新歌,只写了两句,和你这首的语境倒有点像。"

他说:"是么?"

我小声清唱:"他们从没有真正老去,他们只是迷路的孩子。"

然后说:"我更喜欢你那句真正的活着,比我真正的老去更有力量。"

他说:"你一直在看手机,好像有心事。"

我说:"没事,和女朋友闹不开心了。对了,怎么称呼你?"

他叫卫一鸣,在伦敦念书,此行是为了见一个在剑桥的朋友,现在赶回去参加伦敦马拉松。伦马是慈善赛事,三分之二参赛者通过慈善捐款的方式获得参赛资格。对非英籍参赛者来说,中签率很低。卫一鸣说,这是他第三次报名,前两次没中,今年是本科最后一年,英国拿身份很难,毕业后就回上海了,如果再不入围,算是留学生涯中的一个遗憾。

我说上海也有马拉松,可以回上海跑,不算什么遗憾吧。

他看着自己的大脚,怅然若失道,我知道这几年国内也流行马拉松,上海、杭州、厦门都有,可伦马对我来说,含义是不一样的。

2

卫一鸣在国内读的是国际高中,他入学时,高三的学长学姐已到了冲刺阶段。一般这个时候,原学生会干部会跟高二学生交接,进行最后一次招新。一方面对之前工作进行总结,另外也可以让新加入的学弟学妹更快融入。

第一次见到王曦月,是在晚自习。作为学生会主席,王曦月召集其他部门的学生干部,挨个到班级进行招新宣传。卫一鸣被这位长头发的甜美学姐吸引住了,她演讲时特别有感染力,充满了自信。学生时期的男生更留意那些品学兼优的女生,况且对方还是美女。所以卫一鸣报名参加学生会,是带点小私心的。面试时他又看到了她,当时的表现记不清了,只记得她微笑时左腮有个酒窝。

他顺利通过面试,加入了学生会。王曦月给新成员做完培训,便专心准备最后一学年的考试。为方便联络,他们互加了微信。之后有过少许联络,通常是卫一鸣打着学生会需要帮助的旗号。王曦月每次都耐心回复,问多了,卫一鸣免不了有些心虚。两人渐渐联络少了。

不同年级位于不同楼层,卫一鸣很少在校园里看到王曦月,偶尔在食堂相遇,两人只是简单地打个招呼。最后一次看到她是校运会,王曦月参加女子组长跑,当她第一个冲过终点,卫一鸣在心里为她欢呼。听边上的女同学说,王曦月喜欢晨跑,有几次她去食堂吃早餐的路上,见过她在操场上跑步。从男生宿舍走到操场和食堂分别是两个方向,卫一鸣去过几次,却一次没有遇到。

一年后,王曦月被伦敦大学学院录取(简称 UCL),是英国排名前十的名校。作为优秀毕业生,她的简历和照片被公示在国际高中的官网上,以便对未来带子女来报考的新生家长起到广告作用。

王曦月不太发朋友圈,那天公布了自己的录取通知书。卫一鸣点了个赞,借机发送了表示祝福的表情。王曦月回了个谢谢的表情。两个人就聊起来。那天他们聊了很久,没有像之前那样只聊学生会的公务,而是像久别重逢的老友,天南海北聊得很久。

转眼,卫一鸣进入了高三冲刺,他决心将 UCL 作为首选目标。卫一鸣的强项是数学,恰巧 UCL 的这个专业相当不错。王曦月放暑假回国,卫一鸣想约她吃饭,王曦月说自己正处于马拉松的上量期,那天刚好约了教练,就不出来了。

马拉松是考验身体综合素质的运动,只有体能、耐力都很充沛,并且心理素质良好的状态下,才可能跑完逾42公里的全程——公元前490年秋天,波斯人和雅典人在海边小镇马拉松决战,雅典人取得了胜利。为让故乡民众尽快知道喜讯,统帅米勒狄派一个绰号叫飞毛腿的士兵菲迪皮茨回去报信。菲迪皮茨一刻不停地跑,当他跑到雅典,看到同胞,陡然停下脚步,刚喊了一句"欢乐吧,雅典人,我们……胜利了……"就倒地痉挛,很快死去,后世的运动专家猜测,菲迪皮茨是死于重力性休克:一种因剧烈运动突然停滞而导致的死亡,原理是运动时血液集中在下肢,立即止跑,地心吸力令血液回流不到心脏,引起大脑缺氧而猝死——正因如此,其训练特别强调科学性,备赛者根据自身情况进行不同负载和强度的训练,大致可分为早期基础有氧训练,两轮上量期,然后是减量备赛。整个过程不是一味增大运动量,而是循序渐进或增或减。这样的设计是为了让备赛者提高肌肉含氧量、乳酸阈、体温控制等机能,以期比赛时发挥最好的状态。

卫一鸣本可以将吃饭的日期推延——他想告诉她自己也成了学生会主席,告诉她自己也想申请UCL——因为王曦月的原意只是刚好那天没空,而他患得患失地以为她不愿出来吃饭,便没有接着约。隔了几天,她发了和同学聚会的合照,其中有一张,跟一个男生靠得很近,虽然举止并不亲密,多看几遍,却觉得他们很像情侣。加上之前被拒绝的缘故,他就认定了这个假设。

卫一鸣心里说,她都是大学生了,有对象也正常不过。有时候我们找的不是答案,只是自圆其说。如果一切看起来在情理之中,那么理由正确抑或错谬就不重要了。

卫一鸣那时喜欢刷微博,看到类似"爱就是默默无语"的鸡汤式句子,就觉得描绘的是自己的心境,就自我安慰,反正暑假结束她就回伦敦了,我们也不太可能在一起。

他们的联系越来越少。用卫一鸣的话说,他在跟自己赌气。高三很忙,申请国外大学不仅需要考试和语言成绩,还需要准备文书。他将重心放在这些琐碎上,晚上偶尔想起她,就翻个身,去想别的事情,可她的身影还是浮现在别的事情之上。

卫一鸣的学生会主席同样面临任期结束的交接工作。他和其他干部去招新,演讲时他留意到新生们懵懂的神情,回想起第一次见到王曦月时,自己想必也是这般青涩的模样吧。

我说,你好像一直活在她的影子里。

卫一鸣说,每个人都活在别人的影子里。

我说,她不一定是你所了解的样子,喜欢一个人,就会想象对方的美好,等发现了想象和真实有出入,又会说"你变了"。其实变的只是自己的看法。

他说,那时候,我虽然还不够了解她,可我知道她比我想象中还要好。

3

卫一鸣收到好几所英国高校的录取通知书,他选择了
UCL,能够接近王曦月的喜悦盖过了拿到录取的喜悦。他着手
办理签证,了解网上的伦敦房源。王曦月看到他在朋友圈和
微博找房,便给他留言,说室友即将回国,刚好空出一个单间。
为节省房租,她也正准备找人合租,相比和陌生人同住,你是
学弟,毕竟知根知底。她将图片发给卫一鸣,房子虽不大,家
具和厨具齐全,两室两卫,互不影响。去大学的交通便利,价
格也比较合理。初来乍到的留学生,很难找到这样的好房子。
卫一鸣没想到王曦月会邀请他成为室友,当然一口就答应了。
转念一想,王曦月好像有男朋友,为什么没住在一起?想了几
种答案,可能是异地恋,可能分手了,也可能是想给彼此留一
点空间。

王曦月是卫一鸣心目中的女神,很耀眼也很遥远。虽然,
曾幻想和她有进一步的关系,可当有一天可以如此近地走入
她的生活,反而有点手足无措起来。

赴英的时间到了,为了留学,一家人做了很久的心理建
设,但在去往机场的路上,不免还是涌起了伤感。告别的时
刻,一向坚强的爸爸背过身哭了,倒是平日里脆弱的妈妈自豪
地笑着,儿子长大了。

飞机降落在伦敦希思罗国际机场，王曦月在出口处等他。预先是知道她来接机的，还是免不了有些小激动。王曦月穿着米白色高领罗纹针织衫，搭配宽松的墨绿色羊羔绒外套，很远就朝他打招呼，跑过来帮他拿行李箱。

卫一鸣说，不用不用，很重的。

王曦月说，你一个人拿两个箱子不方便，肩上还有背包，太重了。

两人去乘机场快线，这是前往伦敦市中心最快捷的交通方式，距帕丁顿火车站15分钟车程——她变戏法似的拿出几张卡片："这张是公交卡，我们叫牡蛎卡，帮你充过一点钱了，回头教你怎么申请学生优惠，伦敦交通还是蛮贵的。"

她顿了顿，又说："这张是临时手机卡，你先用着，到时候去运营商那儿选个套餐。还有，这是伦敦地图和地铁路线图，用红笔标出来的，是离我们学校最近的地铁站。"

卫一鸣脸上有点痒，是王曦月在撩头发。轻柔的发丝，让卫一鸣不敢挪动。想起以前在学生会，王曦月也是这样有耐心："我们第一次参与策划学校艺术节，你也一样一样交代，这是演出顺序表，这是班级座位表……"

王曦月说，你还好意思说，我都说得那么清楚了，你们几个还是记错时间。你，还有那个叫什么，对，吴智豪。所以，我还是要说清楚一点。

两人搭乘地铁到牛津广场站，路过牛津街和摄政街，拐个弯就到了住处。王曦月给卫一鸣介绍室内的布局及家电的使用方法,把钥匙交给他,钥匙圈上有一枚古铜色的大本钟挂件。

她又从橱柜里拿出两盒饼干:"饿了吧,我前天刚去过超市,这个是 Go Head 的水果口味饼干,这个是羊驼饼干,你看造型就是可爱的羊驼,我们管它叫草泥马饼干,很好吃。对了,冰箱里有速冻饺子,帮你下一碗?"

"不用了,我吃点饼干就好了。"

"那倒杯水,别噎着。英国的自来水直接喝,我现在习惯喝冷水了,电热壶在这里,要喝热的自己记得烧。"

"嗯,我能照顾好自己。"

"你比以前自信了,以前动不动就问我,还问好几遍。对了,你是不是困了?"

"我还好,你去休息吧。"

王曦月说:"我动作慢,你先去洗澡睡觉,东西明天再理。"

卫一鸣进了自己的房间,倒在床上,想到心爱的女孩就在隔壁,露出了傻傻的笑容。

4

培根的香气透过门隙,飘进房间。卫一鸣揉揉眼睛,坐起身,抓一把乱糟糟的头发。王曦月在厨房忙碌,他粗略洗漱,推开房门,王曦月将煎好的培根和香肠从平底锅取出,盘中已摆放好煎蛋和薯饼,她从罐头里倒出茄汁黄豆,泡了两杯速溶咖啡。

王曦月说:"你今天起得蛮早。"

卫一鸣说:"培根太香了,睡不着了。"

王曦月说:"尝尝,好吃么?"

卫一鸣用手机摁了张照,吃了口:"好吃,挺像模像样的。"

他逐渐适应了留学生活,作息也比较规律。如果碰到同上课时段,就跟王曦月一起去赶开往学校的巴士。周末两人去超市,采购下一周的生活必需品。走在垂满英国国旗的摄政街上,红色的观光巴士从身边驶过。这条伦敦最重要的商业街得名于摄政王乔治四世,掌权后,热爱时尚的乔治四世委任建筑师约翰·纳什设计了这条皇家大道。摄政街汇集了很多英伦范的商店,包括最老牌的百货公司——Liberty。

王曦月做事果断,逛街购物却时常纠结。比如刚选好心仪的巧克力味谷物早餐,旁边的麦片在打折,就会犹豫起来。问卫一鸣选哪一种。卫一鸣回答,不如买两个小盒装都尝一下。她说,小盒的净含量是大盒一半,价格相差不大,不划算。

被否决次数多了,卫一鸣便不再正面回答,改作了聆听,或答非所问开她玩笑。王曦月问他是不是觉得自己很磨叽,每次买东西都浪费好多时间。卫一鸣摇摇头,对他来说,这项每周固定的采购活动,让自己和她有了更多相处的时刻。她喜欢喝这家超市的鲜椰子水,每次买两份,回家路上一人一杯。他把轻一点的袋子留给她,自己拎重的。有时逛累了,也

会走进 Wetherspoon——草莓果酱铺在蓝色花纹的盘子上，是
为了衬托一块松饼——点一份解馋。

回到家，卫一鸣煮一锅中式的豆腐蔬菜汤，王曦月做两份
西式牛排或意面。看似风格不同的料理，吃起来却很搭。

5

王曦月隔两天训练一次，周六以标准配速增加跑量，通常
下午出门，晚饭时回家。卫一鸣则和同专业的同学出去逛街
吃饭，作业多就约在图书馆啃羊角面包。如果在家，就多烧一
点，等她一块儿吃。周日卫一鸣会睡个懒觉，午饭后开始处理
课业。王曦月平时都关着房门，他看书看累了，到客厅倒水，
看看她会不会也在客厅。每次不把水倒太满，这样可以很快
喝完，到客厅再碰碰运气。

天气转冷，王曦月照常穿着卫衣和运动紧身裤，裹一件大
衣出门训练。卫一鸣提醒她多穿一点，她说："没关系，跑步的
时候不冷。"回来时，脸颊冻得绯红，冲进卫生间冲热水澡。

卫一鸣煮了番茄牛肉面。等王曦月出来，面有点涨烂了。
吃到一半，王曦月开始流鼻涕，等面吃完，一盒刚打开的抽纸
用掉了一半。

卫一鸣说："让你多穿点不信，感冒了吧。"

王曦月故意大声擤鼻涕。

卫一鸣模仿她的动作,作出嫌弃的表情,王曦月假装要打他:"好哇,会开学姐玩笑了是吧。"连续咳嗽了几声,握紧的拳头软了,捂住了嘴巴。

卫一鸣收住笑容:"看来真感冒了,我有国内带来的感冒药,我去拿。"

王曦月进了自己的房间,卫一鸣拿着药和热水敲了敲门,王曦月瓮着鼻音道,进来吧。

房间内飘着奶油蛋糕的淡甜味,书桌上的文具是糖果色的。毛茸茸的素色长毯从沙发椅背拖向地板,衣橱门没关紧,衣架上的毛衣和围巾有些凌乱。王曦月裹在厚被子里,卫一鸣第一次感到她的柔弱,喂她服了药,她鼻涕淌下来,床头的抽纸用完了。她说卫生间的镜柜里还有,卫一鸣推开卫生间,蛋糕的淡甜味其实是那些瓶瓶罐罐的化妆品和香水凝成的氤氲。

王曦月迷迷糊糊,似乎睡着了。他准备离开,她说,陪我一会儿。

她伸手去够纸巾,卫一鸣把抽纸盒挪近她一些。她要他陪她一会儿,这个挽留意味着什么?他在心里默默做了一个推演。

王曦月感冒刚好,又恢复了训练。

卫一鸣说,再休息几天吧,马拉松有一定危险性,上次看报道说伦马38年间死了12个人。你一定不要硬撑,跑不下来就放弃。

王曦月说，我不会硬撑的。

卫一鸣说，你鼻子都被纸巾擦红了。

王曦月套上长款羽绒服，知道了，今天我多穿一点。我去换鞋，你帮我围巾拿一下，就在桌子上。

临出门，转过头说，今天我回来吃晚饭，突然想喝你炖的牛肉汤。

实际上，王曦月没去跑步，生病锻炼反而得不偿失，这个道理她自然是知道的。每当遇到想不明白的事，她就会出门走走。母亲去世后，她将自己脆弱的一面隐藏起来，生病的时候也是自己去医院。王曦月边走边想，为什么那天晚上要让他留下来陪自己。

一位经常遇见的老先生，拄着长柄雨伞，像在等人。

老先生也看到了她："今天又出来跑步？"

"没有，出来散散心。"

一个老婆婆朝老先生走来，他去揽老婆婆的手，把雨伞夹在胳膊下面。两人走在泰晤士河畔，走在彼此的背影里。

人生很多答案不是自己得出来的，可能是风告诉你的，也可能是闻到花香的某一刻，王曦月似乎寻到了答案，她做了一个决定。

卫一鸣准备做牛肉汤，冰箱里的番茄用完了，洋葱也只剩下了一小瓣。匆匆去了趟超市。回到家时，王曦月还没回来。

天色渐暗，王曦月觉得该回去了。迎接她的是三菜一汤，汤一直用小火煨着，还冒着雾气。先出锅的虾仁炒蛋有点冷了。

"这么多好吃的。"

"这么快就回来了。"

"和平时差不多吧。"

"我把虾仁炒蛋拿微波炉转一下,有点冷了。"卫一鸣转身看她,"今天没见你出汗。"

"今天跑得慢,我去冲一把,很快。"王曦月锻炼回来都会洗澡,这句话是为了不让他起疑心。她走进房间,换了家居服,戴上发带,伪装成刚洗完澡的样子。如果卫一鸣算下时长,能猜到她没洗澡,但他没留意那么多,他期待王曦月品尝后,能给自己的手艺打个高分。所以当王曦月夸赞牛肉汤好喝的时候,他心里美滋滋的。

王曦月说,我打算最近染头发,你喜欢什么发色?

卫一鸣没立刻回答,看着她的头发,像在思考一道数学题。

王曦月摘下发带,长发散落下来,你觉得我适合什么颜色?

卫一鸣说,像焦糖巧克力那样的颜色,配你的酒窝一定好看。

王曦月指着自己的脸颊,这不是酒窝,是梨涡。酒窝在嘴角斜上方约2公分的地方,大概是这个位置。梨涡在这里,看见么,是在嘴角下方。

卫一鸣说,知道了。

王曦月说，以后女生再问你类似的问题，你要说染什么颜色都好看。

卫一鸣说，你染什么颜色都好看。

晚饭后，王曦月自觉收拾碗筷——这是他们之间的默契，如果一方烧饭，则另一方负责洗碗——桌上的盘子飘进水槽，盘内的残羹剩饭被倒入垃圾桶。它们像一个个贪玩的小孩，一身泥泞回到家，妈妈嘴上指责，手里没闲着，为它们扒下脏衣服，扔进充满泡沫的浴缸里，除去表面的污垢之后，王曦月把盘子关进了洗碗机。

卫一鸣把电视机调到足球频道，两腿从沙发一直伸到地毯上。他没有认真看电视，观察着王曦月洗碗的动作。她将果盘放进木质茶几，里面放着洗干净的草莓、提子和小番茄，上面还插着牙签。王曦月学着卫一鸣的样子坐到他旁边，像发现什么秘密似的："这么坐好像比靠在沙发上舒服。"

她摇晃着脚丫子，将草莓塞进嘴里："你在看什么？ 足球么？"

卫一鸣把音量调低一些："世界杯重播。"

"你等一下，冰箱还有两罐啤酒，正好可以边看球边喝。"

"你可以喝酒么？"

"就一罐，没问题的，多了也没有。"

两人吃着水果，喝着啤酒。梅西进球时，同时欢呼起来，卫一鸣一脚踢到茶几角，痛得大叫一声，把王曦月吓了一跳："你没事吧？"

卫一鸣摇摇头:"没事,太激动了。"

王曦月和他干杯:"淡定些。"

卫一鸣说:"刚刚欢呼的时候,你喊得比我还大声呢。"

王曦月别过头,继续晃着她的脚丫子。

卫一鸣偷笑着喝了口啤酒。

王曦月说:"我的脚好像变大了。"

卫一鸣将脚靠过去比:"嗯,你个子不大,脚还挺大的。"

王曦月说:"怪不得你撞到脚,太不会聊天了。你看,袜子都撞破了。"

卫一鸣脱下袜子:"估计是你长期跑步,脚又长了。"

王曦月说:"怎么可能,我早过了发育阶段了。"

卫一鸣指着电视上一个留着花白长须的中年肥男:"怎么不可能,你知道马拉多纳么。他个子不高,脚巨大无比。据说他成年后,脚还长了几公分。脚大跑得快,球王就是不一样。"

王曦月说:"他脚大不大,我不清楚,但我看过他的鬼畜视频,知道他爱吃鼻屎。"

卫一鸣说:"学姐懂的真多,但你记错了,吃鼻屎的是勒夫,是德国队教练。"

王曦月说:"以后不要我叫学姐了。"

卫一鸣说:"那叫你什么?"

王曦月说:"换个称呼,叫姐姐也行。"

人们为什么喜欢给亲密的人取昵称?一个专属的昵称象征着感情的暧昧之处。这个称谓只能在你我之间使用,别人

不行,这样就能确定唯一的私密关系。卫一鸣是后来翻阅王
曦月的日记时了解到这些的。起初他的解读是她通过"姐姐"
来界定他们的关系,阻断他的想入非非。

6

列车经停沿途小镇,每次停靠都是这次邂逅的倒计时。
手机倏地震动,看了眼屏幕,是一条扰民的系统推送。卫一鸣
拿起透明水瓶对嘴喝,水位瞬间下降了四分之一:"她发来的
短信?"

不是,她估计还在生气,其实我知道这次吵架的原因。

为了什么?

前面说过我是玩音乐的,以前是驻唱歌手,不过,已经很
久很久没摸吉他唱歌了。隔了这么久,今天第一次哼了几句,
我女朋友听了,就有点不开心。

你哼个歌,她为什么要不开心?

说来话长……

那天是她生日,她来我驻唱的那个酒吧和朋友庆生。之
前,她也来过,次数不多,但我对她印象深刻。蛋糕蜡烛即将
被点亮时,我对观众说:"现在我为 C 桌的寿星送上即兴改编
的生日快乐歌,希望她喜欢。"她转过脸,是惊喜的神情,歌声
响起,现场伴起和声。当我弹完最后一个和弦,后台的阿亮拉

掉了电闸。周遭暗下来,烛光中她闭上眼睛许愿。吹灭蜡烛的瞬间,掌声响起,她显得有点腼腆,连声说谢谢谢谢。

快结束营业了,我到后台喝水。想起吉他还留在台上,就回去取,不知道是谁的恶作剧,黑色的琴板被白色马克笔画了一个"C♡P"图案。忽听有人叫我,抬头望,正是今天的女寿星,我猜到她是涂鸦者:"马上要打烊了,没和朋友一起回去?"

她说:"他们走了,我在等一个人。"

我说:"等谁? 我么。"

她说:"脸皮真厚,你看到那行字了? 对不起,在你琴上乱涂乱画。"

我说:"没关系。对了,你哪来的白板笔?"

她指指不远处的阿亮,他装作没看见,继续摆弄他的架子鼓。

她说:"你快下班了?"

"嗯。"我把吉他装进琴盒,又瞄了眼那个图案,"所以你叫C……"

"Cheng 程,程昭浠。"

"我跟阿亮几个约了夜宵,一起去吧。"

就这样,我们在一起了。她告诉我,喜欢听我唱歌很久了,那天我的助兴让她很是惊喜。我告诉她,其实也留意她很久了,所以为她生日献歌也是顺理成章。我们经常为了谁先追求谁而奚落对方,谁也不承认是自己主动。那段时光让我感到幸福。好景不长,酒吧因生意不好关门了。我和乐队成员去找新东家，大多数歌厅都不接受我们的摇滚风格，要求我们改唱软绵绵的情歌，阿亮说："我要是愿意唱流行歌，何必等到现在。"我们决定去街头卖唱。这样一来，经常会背着吉他被城管追着跑。另一方面，卖唱的收入远不能维持日常开销。即便这么落魄，她还是陪在我身边，一个姑娘经常请我们几个爷们吃夜宵："没关系，我现在请你们喝酒，等你们红了别忘记我就行，相信会有这一天的。"这一天终于没有到来，乐队成员因为生活压力，陆续向现实低头，包括最叛逆的阿亮——去当了家具营业员。失去队友的我，变得孤僻起来，我怕连累她，想过分手，又狠不下心。有一天，正在喝闷酒，她说小区门口的房产中介贴出了招聘启事："我知道你喜欢唱歌，你去那家门店试试，也不影响你继续写歌。"我朝她吼，我不去应聘什么中介，也不会再写什么破歌。举起吉他就往地上砸，她想阻拦已来不及了。

"C♡P"图案裂成了两瓣，她眼圈红了："你看你变成了什么样子，你以为是失业我才生气么，我喜欢的是你舞台上的自信，而不是整天在家买醉。"

说完，摔门走了。

我将坏吉他锁进了琴盒。失业后，一直是她在照顾我，经济上也给我很多帮助。我却没带给她希望，我找出写过的歌准备烧了，彻底结束自己的音乐梦想。翻阅每一首歌的时候，看着歌词和音符，却舍不得了。卷成一团，塞进了墙角的夹缝里。

　　第二天晚上,她回来了。

　　我去那家房产中介上班了,前段日子房地产市场火爆,经手的房子成交了不少,拿了不少佣金。知道她一直想去欧洲旅游,这次就提前用了年假,陪她来英国旅游。

　　今天闲逛的时候,路过一家剑桥包店,她在橱窗前驻足,被学院风的挎包吸引了。我跟着她进入店里,部分剑桥包的吊牌上标明了折扣,店员告诉我们这些是瑕疵品,通常看不出来,边说边拿出一款举例:"比如这个包,内夹层有块小污渍。"虽然剑桥包的价格不贵,但这次旅游已超了预算。为节省开支,她打算买一款瑕疵品,我说:"送礼物哪有送带瑕疵的。"便选了红色经典款,剑桥包可以压印有纪念意义的图案。我将"C♡P"图形画出来,店员用一个特制的小摆件,在包的表面印下了压痕。

　　背着新包走在街上,她看着那个图案:"你还记不记得那天为我唱的生日歌? 唱一遍给我听。"

　　我哼了几句,竟然走音了。

　　她说:"是不是忘词了。"

　　我说:"我好像忘记怎么唱歌了。"

　　她神情黯淡下来:"你会不会埋怨我,如果不是因为我,你或许不会放弃音乐。"

　　我说:"和你没关系,没有你,我可能还在自暴自弃。你看,我们现在的条件比那时好多了。"

　　她说:"出国前收拾行李,在墙脚看见你写的歌了,落满了灰。"

我好像已忘记那些歌的存在,不知道怎么回答她,见我不吭声,她转身离开了。看着她的背影,我像傻子一样愣在那里。

以为她回酒店了,可是并没有,她回来过,衣柜里她的衣服,和她的旅行箱一起消失了。

7

"没事的,她会回来的。"卫一鸣说,"可我的学姐再也回不来了。"

……转眼到了四月中旬,还有几天就到了伦马比赛的日子。由伦敦西南的布莱克希思格林尼治公园,至比赛终点白金汉宫前的林荫大道在进行最后的装点。王曦月让卫一鸣陪自己去参观马拉松博览会,东伦敦 Excel 展览中心,典型后现代风格的建筑,猩红色的主题背景墙前,卫一鸣拿出手机,王曦月举着伦马的参赛号码簿,两人的合影照上,王曦月的梨涡分外动人。

比赛前一天,王曦月参加完热身跑,去领了装备和号码簿,听了赛前说明会,很早就回家了,睡前她有写日记的习惯。听到卫一鸣敲门,她合上日记本:"进来吧。"

"祝你明天取得好成绩,晚安。"

"谢谢,等我好消息。晚安。"王曦月摊开日记簿,补充了一句话。

翌日,王曦月早早出门,前往起跑点。卫一鸣假寐,听到关门声,起床洗漱,剃了胡子,出门前又照了镜子,整理了衬衣领口。

来到拐角的小花店,店主是个白人姑娘,会说掺杂着各色口音的夹生中文,怀疑是从不同省份的中国人那儿东一句西一句学来的。预定的金盏花香气沁人,很像王曦月房间里的那种氤氲。

城内很多路被封了,随处能看到伦马的大红色广告牌。礼兵戴高顶黑色熊皮帽,穿红色英式军装在现场演奏乐曲。伊丽莎白女王也来到现场,为选手鸣枪。卫一鸣绕了远路来到白金汉宫,志愿者和观赛者将跑道两边围得水泄不通。他拿着鲜花,跑道终点就在他身后不远,一辆车身带液晶屏的厢型转播车在播放实况。

马拉松是比长跑更长的长跑。刚开始的参赛队伍,密如蚁群,跑了一会儿,选手间有了距离。转播车的液晶屏上,是参赛者毫无美感的奔跑,观赛人群开始松懈,此乃整个赛程最无聊的时光。两个多小时后,才会有人冲刺终点。

时间一分一秒地过去,突然人头攒动,有人惊呼,往转播车那边挤过去,液晶屏正在插播一条突发事件:距终点约 10 英里处,一个小偷冲进了跑道。

小偷试图脱离身后一胖一瘦两名警察的追捕,胖警察跑得气喘,瘦警察跟得很紧,小偷在马拉松队伍中,忽左忽右,避开前面的选手。瞄一眼瘦警察快追上自己了,他顾不上躲闪,直接去推碍事的选手。一名女选手刚好挡住他的去路,他来不及侧开,一把将她推开。女选手栽倒在地。小偷一个跟跄,跑远了。女选手试图站起来,可能是骨折或者别的原因,她站立有点困难,没等重新站稳,再次栽倒。画面切至慢动作近景,女选手浑身抽搐,额头溢出虚汗,脸上没有一丝血色。卫一鸣认出是王曦月,手中的鲜花啪地掉落。救护车是马拉松比赛的标配,很快行驶过来,跳下车的医护人员开始对王曦月进行抢救,当医生宣布王曦月死于重力性休克时——或许这也是飞毛腿菲迪皮茨的死因——卫一鸣瘫了下来,眼泪流了下来。

王曦月房间的门虚掩着,卫一鸣记得临走前它是紧闭的。他习惯性敲敲门,走进房间,闻到那股熟悉的氤氲。打开床头灯,昏黄的灯光下,一切变得朦胧,时间似乎倒退。他打开衣柜门——这件是接机时穿的,这件是一起买菜时穿的,这件是她生病那天穿的,这件是去马拉松博览会穿的……他从手机中翻出相片,看到美丽的梨涡美丽的学姐,眼泪再也噙不住:"我应该早一点的。"

手机传来消息提醒,是同学来问关于王曦月的情况。他被吵得心烦,关了机,只要不作回复,她就依然活着。一阵风吹过,一只白鹦鹉随风落在窗边。书桌上是她的日记本,它似乎是自行翻动的。一片白色的羽毛被风吹起又飘落,变成书

签。他知道偷读日记是不礼貌的,还是用模糊的视线读下去:

"今天为学弟接机,带他熟悉了一下周边的环境,他还是像高中那会儿,懂礼貌。"

"买牛奶的时候,架子太高,我常买的那个牌子牛奶又放得很深。学弟帮我拿的,还嫌我矮。最近他学会开我玩笑了,也挺好的,但我总表面上假装生气的样子。"

"昨天生病了,就没写日记。是学弟照顾我的,还是很感动。"

"我说谎了。我说去跑步,其实是去散心了。我想通了一件事,我好像开始喜欢他了。等我拿金牌那一天,就跟他表白吧。对了,我们今天取了新的昵称,姐姐和弟弟,可能有点老套,以后不叫他学弟了。"

"时间很快,明天就要比赛了,今天早点睡。我发现我越来越喜欢弟弟了,他刚才还特意和我说加油和晚安。明天比赛结束,就告诉他我的心意。我也不知道为什么要挑明天表白,可能人生还是需要一些仪式感吧。"

……流着泪读完了最后一页,日记本在他手中化作一堆白色羽毛,风又拂过,羽毛在房间中飞扬,散落于角落,找不到了,仿佛她从没有存在过一般。卫一鸣吸入了一些细微的绒毛,这些异物在他的肺里面乱窜,呛得他连连咳嗽,泪水再度从眼角溢出。异物开始扩散,像小虫在爬。他听到自己心碎的声音,骨骼断裂的声音,肌肉重生的声音。他感觉变成了一棵树,根须从他脚里长出来,他睡着了,梦里她一直在跑一直在跑。醒来后,他发现脚变大了——就像王曦月和马拉多纳的脚那样变大了——令他错愕与羞愧的是,不是一般的大,足有五十码,如果脚趾间有蹼,简直就是夸张的鸭掌。

8

列车到站,跟卫一鸣告别:"祝你取得好成绩,替她完成心愿。"

两个陌生人交换了彼此的故事,从此再无交集,可能正因如此,才愿意分享各自的秘密。

没走几步,手机响起,是她打来的。

我说,你在哪?我现在来找你。

她说,我已经回伦敦了。

我说,我也到伦敦了。

她说,我们分手吧。

我说,我不想就这样分手,至少见个面吧。

她说,不是我不想见面,我害怕面对你,我们在一起不会开心的,我已经改签了,现在去机场回国。

我回头看了一眼,卫一鸣走远了。

她说:"再为我唱一次歌吧,就在手机里。"

我唱道:"爱情从没有真正老去,我们只是迷路的孩子……"

我没有改签,按原定日子返程,期间,我也听闻了一些其他的故事,那都是后话。机场候机厅有当地的中文报纸,听当地朋友说,欧美很多中文报纸的名头很大,动辄用北美、欧洲、英伦这样的词做前缀,其实资金来自中国大陆,是一种意识形态输出。我随意取了一张中文报纸翻阅,留意到一条伦马比赛的新闻,刊登了这届比赛的排名,我没有在前十名中找到卫一鸣的名字。萍水相逢,他或许用了化名。

不管怎么说,目前为止,除了2007年4月22日,中国河南选手周春秀以2小时20分38秒获得女子组冠军,没有其他中国大陆选手在伦马中折桂。

2018年12月29日,于上海苏州河畔寓中

以黄昏为例

1

风在隧道中呼啸而过,近乎透明的玻璃砖墙展现出来。

墙体间镶嵌着广告灯牌与站牌——顶末端用紫红线条标示,中间写着:赤羽桥駅①。白先生沿指示牌的箭头方向找到出口,日文中有大量形似繁体汉字的日制汉字,虽读音截然不同,亦大致能猜到意思。实际上,白先生日语很好,除了汉语为母语外,在漫长的一生中,掌握了英日韩三门语言。

地铁出口建造于高架下方,东京土地昂贵,所有可利用空间均见缝插针派上了用场。如果是市中心交通更为密集的地方,会看到两三层建在一起的高架,有些高架或轻轨甚至会从大楼中间穿过。

离开地铁站,远远能望到东京塔。天色逐渐暗下来,塔上的灯光开始变色。白先生想穿过路口,被一辆宅急便的中型货车挡住去路。他朝车窗中的那位额上刻有深深皱纹的司机抱歉地一笑,后退了半步。司机也冲他笑笑,是一种日本人独

① "駅",日文"站"的意思。

有的礼貌微笑,他的皱纹更深了。司机嘴唇翕动着,白先生猜想可能他表面在笑,嘴上却在骂:"臭小子,不要命了。"想到这里,他发现了吊诡之处:"不对,我早就死了。"

太阳快落山了,大量乌鸦聚拢在一起,遮蔽了夕阳的余晖,形成类似日食的效果。周围的人拿出手机拍照。光线被鸦群吸收了,反衬出东京塔灯光的绚烂。鸦群散开,太阳已经被吃掉了,乌鸦们飞落在东京塔上,遮蔽住原本夺目的灯光。片刻,朝着新宿的方向飞去,东京塔又恢复了琉璃般的光辉。

周遭感叹:"这是逢魔之时。"

在日本的妖怪传说中,某些时刻象征着特殊含义。以黄昏为例,日本阴阳道称其为逢魔之时,意指在昼夜交替的时段,妖怪会出没于人间。待夜晚降临,则有百鬼夜行的说法。顾名思义,在黑暗中妖怪会结队游行。白先生对这些说辞不屑一顾,这是阳间对他们的一种误解。白先生实为白无常,是来自冥界的地狱使者。他的好友兼同事黑无常曾告诉他,人死后变成鬼魂,来到冥界(日本译作:黄泉国),须经过鬼门关,踏上黄泉路,来到两畔开满鲜红色彼岸花的忘川河,河上有座奈何桥,孟婆坐在望月台上卖汤。亡魂喝下会忘却前世记忆,进入下一世,而前世今生则被记录在三生石上。这是一个漫长又凶险的过程,一路上可能碰到厉鬼。地狱使者的工作是帮助鬼魂完成引渡,并不是所有鬼魂都能顺利完成投胎转世。有些鬼魂执念太深,不愿喝下孟婆汤,抑或罪孽太重,需要接受判官的惩罚,最后沦为地狱使者。所以说,地狱使者不是神职,而仅仅是未归化的死者。

如果把冥界比做一家公司,阎王就是董事长,任命职员各司其职,赋予他们各项能力。为方便观察人间,地狱使者可化作飞鸟。黑白无常分别化身为黑乌鸦和白鹦鹉。日本传说中有不少妖怪图腾,像姑获鸟、入内雀、青鹭火和以津真天等鸟形妖怪,同样,他们可化身为仙鹤、孔雀、青鹭和老鹰。既然是一家公司,旗下就有许多部门。以姑获鸟为例,传闻她是产妇去世后的执念所化,会在夜里偷走婴儿,她的工作便是专门引渡那些夭折的小孩。入内雀是判官,换言之,为司法部门经理,他的职责便是审判生前作恶多端的坏人。除了青鹭火,白先生没见过上述几位同事,这些逸闻大多从黑无常那里听来。毕竟他们是老职员了,混到了部门经理及以上的级别,而自己仅仅是一个底层的普通职员,一般是见不到这些大人物的。

黑无常入职稍久一些,但和自己一样也算新人,不同的是,他负责击杀死后没有转世,因怨念遗留在人间的怨灵恶鬼,和受邪念蛊惑危害人间、放弃引渡亡魂的地狱使者。后者也是鬼神,具备法力,所以普通的地狱使者对他们束手无策。这些棘手的任务就交给了黑无常。

黑无常因此有机会认识到高层,得知更多冥界的秘密。他杀死的堕落使者中就有不少老职员。实力上,黑无常并没太多胜算——身型上也能看出,仙鹤孔雀老鹰要比乌鸦大得多——因此,阎王赐给了他一把死亡镰刀。当然,用杀死是不恰当的,因为他们本就死了,能真正能让他们形神俱灭的,只有鸩羽的剧毒和凤凰的火焰。

喝多了的黑无常亮出镰刀,刀身漆黑,弧状刀刃形似叠羽,羽毛的末端幻成锋利的尖角,熊熊烈火不断燃烧。

白先生并不想高升,也不愿像黑无常那样接这么危险的差事。他不明白那些老职员为什么看过那么多生死,还没有放下对浮世的执念呢。他见过男子因家庭压力失手捅死小三,老爷爷患肺癌后的苟延残喘,酒吧内突发的枪击事件,跑马拉松导致的意外猝死……一旦他完成指标,就将获得转世的机会。经历过如此多生离死别,像大多数地狱使者一样,他觉得人世是缥缈的幻境。他想,完成使命后,他会毫不犹疑地喝下孟婆汤。

2

那只领头的乌鸦是黑无常所化,白先生认出了他飞往的方向,这是黑无常留给他的信号——每次到日本东京,黑无常总会尽地主之谊请他吃饭喝酒,这次约在了新宿。

白先生折回地铁站,沿着大江户线坐到了西新宿五丁目駅。东京地铁线路复杂,分公营和私营,运营时间也有所不同。大江户线是挖地最深的线路之一,若换算成地表建筑,约探底十五层楼。白无常走上扶梯,乘客自觉靠左站,将右边留给行人。抵达上层,人群四散,白先生跟着指示牌又走了五分钟,却离出口越来越远。向一个年轻的中国姑娘问路,许是待得时间久了,她学会了日本招牌的礼貌笑容。看着她的笑脸,白先生脑海闪回一些片段,画面中的女子却只有模糊的轮廓。白先生竭力想看清她的脸,可越靠近,那个身影就后退得越远。

白先生回过神,眼前这个姑娘似曾在哪儿见过,你好,出口怎么走?

她说,你去哪里?我找一个就近的出口。

白先生说,小町居酒屋。

她说,听说过,但不是很熟悉,我帮你问一下,稍等。

她带着白先生来到值班室,身穿深色制服的值班站长走出来。她以为白先生不会日语,将问题又问了一遍。

站长说,从这个驿过去不算很近,应该从中野坂上驿出口出来,我领你们去。

站长朝白先生比了一个跟我来的手势,他脚步很急,白先生还来不及说话,他就蹿到前面去了,白先生尾随在后连声道谢。站长走一段,停下来,半弯着腰,伸出左手,作出请的姿势。那姑娘紧跟在白先生身后,仿佛铁了心要把他送到目的地。

白先生转过头,就送到这里吧,麻烦你了。

她说,没关系,走到这里我基本认识了,我要去的地方也顺路。

行道树的叶片浸泡在霓虹灯光中,白先生的白裤白鞋被打了蜡似的，发出淡淡荧光。五彩裁成了各式制服、和服和Cosplay的装扮。药妆店播放着最新的流行歌曲，令白先生想到杨千嬅《再见二丁目》的一句歌词：唱片店内传来异国民谣，那种快乐突然被我需要。

转过一个路口，热闹的商业区竟藏有一条幽静的美食街道。居酒屋门口两侧各有一只写有书法体"小町"的横骨灯笼。站长在门口停下脚步，告诉他们到了，姑娘帮忙翻译后，便告辞了。站长才知道原来他们不是同伴。白先生将错就错，继续假装不会日语，他估算了一下，感觉走了有十分钟，有点不好意思，从休闲西装的内袋中掏出钱包。动作还没做完，站长猜到了他的意图，摆摆手，表示不收小费。白先生再次道谢，站长摘帽鞠躬："不客气，应该的。"便原路返回了。白先生为防止旁人发现，手背到身后，略施法术，钱包里的钱就分别跑到那姑娘和站长的口袋里了。

白先生拉开栅格木门，店内原木色装潢，老板着染蓝的厨师服，长得有点像《深夜食堂》的主演小林薰，只是脸颊旁没那道标志性刀疤。食客中，清一色黑西装——在大多数日本女人的观念里，丈夫每天正常下班是职场无能的表现，所以日本男人下班不着急回家，约上同事小酌几杯。即便不看脸孔，白先生还是能从黑西装中识别出黑无常。他的西装合身挺刮，样式考究，面料厚实。一看就不像公司统一派发给上班族的松垮垮的制服。当然，这跟黑无常高大挺拔的身材也有关系，同样的衣服穿在他身上，瞬间变成模特同款。白先生也有类似的行头,不过是纯白色的,走在路上太招摇,所以只在工作时穿。

白先生在黑无常对面落座。黑无常把清酒杯满上,桌上已摆放好下酒菜:寿司卷、酿豆腐、烤鳗鱼、烤肉串、凉拌海藻和刺身拼盘。

黑无常说,怎么这么慢。

白先生说,坐地铁来的,很久没来东京,有点不认识路了。

黑无常说,变成鸟飞过来,眨眼的事,还假装自己是人类么。

白先生说,现在都用智能手机了,你还是用那么浮夸的方式。知道人们怎么说,逢魔之时。

黑无常说,魔就魔,鬼就鬼,我们本来就是。网上不是有段子说,长着翅膀不一定是天使,也有可能是鸟人。说的就是我们。

白先生说,是鸟鬼。

黑无常说,反正不是天使,生前不是执念太深,就是罪孽太重。我从没认为自己是好鬼。

白先生说,你是专除恶鬼的,不是好鬼谁是好鬼。

黑无常说,那是我之前犯了错,为了将功补过早点转世,降一个鬼等于渡十个人,不然做鬼做到什么时候。

白先生说,可没鬼愿意做这苦差事,怕封不住恶鬼,反倒被恶鬼降了。魂飞魄散入不了轮回,更别说转世为人。这一点人间和冥界倒是一样,越有技术含量的工作,报酬就越高,一般人也胜任不了。

黑无常说,在冥界久了,鬼都想解脱,除了姑获鸟和入内雀那几位。恭喜你,马上就能完成最后一个任务,获得转世的机会了。

白先生抿了口酒,折腾了百余年,最后还是要舍下这一切,早知道还不如当初直接喝下孟婆汤,省得麻烦。

黑无常帮他满上,其实喝不喝也差不多,我们的记忆都不完整。当时在桥上犹豫太久,等灵魂回到肉体,记忆因为脑死亡受损了。现在回忆都是片段的,甚至连自己的名字都想不起来,只能用化名。你不是怕白无常这名字太瘆人,自称白先生么。

白先生想起那个带路的姑娘,可能正因为不记得,现在才这么洒脱。如果记起了曾经种种羁绊,说不定又不肯喝孟婆汤了。

门前的风铃清脆作响——一位面目清秀的女士走进店内,坐在白先生身边,黑长直的头发披下来,珊瑚蓝的绸缎质感衬衫,领口绑有大蝴蝶结。

黑无常招呼道:"青鸾来了,今天好漂亮啊。"青鸾是青鹭火生前的本名,死后被选为三生石的守护者,她能窥探石头上的前世,所以找回了自己的名字,也是少许知道自己名字的鬼神。

青鸾问老板要了一个酒杯,白先生帮她斟酒。

青鸾说:"白先生难得来一次日本,你赚了那么多钱,也不请人家吃个怀石料理,每次都约在这样的小店,真吝啬。你在人间还是做大老板的呢,光你这一身行头,顶多少顿酒钱啊。"

黑无常说:"好酒不怕巷子深,小店味道才好,那种高级料理贵不说,量太少,吃都吃不饱。"

白先生知道青鸾爱开玩笑:"你们不要互相吐槽了,喝酒喝酒。"

黑无常说:"你这鬼每次都这样,没幽默感,扫兴。青鸾寻我开心呢,我俩也好久没见了,要真想吃怀石料理,还不是一句话,我把那栋酒楼都包下来。"

白先生:"看不出来,你还是偶像剧里的霸道总裁。"

青鸾听了,在一旁偷笑。

黑无常说:"原来你们两个联手黑我。"

黑白无常和青鸾差不多同时加入冥界,其中相对黑无常最早,青鸾最晚。黑无常早该转世,因工作失职,被阎王多罚了三百年。为缩短时间,他选择成为连鬼也不想做的降魔者。因入职时间相近,他们三个见习期便处在同一部门,转正后,即便被分派到了不同的部门,还是会时常聚起来喝酒。

黑无常举杯:"来,祝贺白即将转世为人,脱离苦海。"

三个干了一杯,青鸾把酒喝完,杯子递给黑无常示意再倒。黑无常怕她喝多,迟疑了一下。青鸾提高了嗓门:"倒满,不醉不归。"

白先生说:"现在微醺,再喝就多了,平时没见你这么喝。"

青鸾看着白先生:"我也快转世了,你能不能再等会儿我,我们一块儿好不好？你走了，我多无聊啊。"

白先生说："不是还有老黑这个留级生陪你么，你毕业了说不定到时候他还没毕业呢。"

青鸾说："这不一样，你这死鬼，看过来五百年的人生百态，有些话还需要我说的那么明白么。"说完仰起头，眼泪顺着修长的颈线流下来，她赶忙用手去拭。

黑无常见状，假装去打电话。等他离席，白先生安慰青鸾道："我知道，但是即便一起转世，喝下孟婆汤，也不会记得彼此了。"

青鸾说："我是三生石的守护者，如果我愿意，来世可以保留记忆，可以去找你，我会认得你的。"

白先生说："青鸾，无论在哪儿，感情的事都是不能勉强的。"

青鸾停止了哭泣："真没料到，你曾因痴情而放弃转世，沦为地狱使者。"青鸾知道说错了话："对不起。"

白先生说："看来，你看了我的三生石。"

青鸾说："走之前还有什么遗憾？你的记忆你的名字，我可以偷偷告诉你。"

白先生说："我以前很想知道，现在快走了，都没有意义了。我怕知道了，又不想走了。"

青鸾说："人们说走了，是死去。我们说走了，却是新生。"

白先生说："生死本就是轮回。"

青鸾搓了下手指，指尖发出青色的火光，变出一份生死簿,不情愿地递给白先生:"上面写着你需要最后引渡的人。"

白先生接过来念出声:"陈雪鸢,女,26 岁。死亡时间:未知。"

黑无常打完电话回来,心里也有一丝不舍。青鸢刚哭过,自己如果绷不住,无疑会为离别的气氛更添一层阴霾,可泪水还是流了下来。

白先生说:"别哭了,天都下雨了。生死簿上又不是我的名字,我又没死,我早就死过了。"

黑无常说:"有什么区别? 生死从来不是离去的那人决定的,过往的记忆,说忘就忘,喝个汤,就全不见了。"青鸢又哭起来。窗外的雨声挟带一丝风声。白先生也是说不尽的难过,室内忽明忽暗。老板看着诡异的灯泡,跑到后厨去检查电路。黑无常拿出口袋巾擦泪水,青鸢抚着白先生后背。灯泡这才恢复正常,风雨声也变得细微。

青鸢说:"今天见面本来很开心,却搞得那么悲伤。"

白先生转移话题:"你们见过生死簿上死亡时间未知的人么?"

青鸢说:"我收到的都是注明日期的。"

黑无常说:"听老职员说,这种情况蛮罕见的,他们称这种叫异端。不过,所有事件本就是一连串因果关系中的随机变量导致的。比如说,一个人本来明天会出车祸,因为天气下雨,放弃了出门的念头,死亡时间可能就改变了。"

青鸢说:"我们本就不是死神,无权掌管生死。世界上唯一的死神,是时间。"

说话期间,生死簿上显示是三个月后。

白先生说:"你们看,死亡时间出现了。"

黑无常说:"遇到这种人最麻烦,许多因果中的关键。就像蝴蝶效应,许多事件都与她有牵连,死亡时间还会变化。快的明天就走了,慢的好几年都没走。上头也是多事,快退休了还给你一张这样的生死簿。"

青鸾说:"晚几年也好,继续陪我们喝酒。"

白先生推开门,黑无常和青鸾化成眼睛冒着邪火的乌鸦,和翅膀闪着蓝色幽光的青鹭,朝两个方向飞去。

老板依然在灶台前忙碌着。

3

万家灯火连成璀璨,将浩瀚宇宙挤压成一条银河。酒店落地窗前,白先生仿佛漂浮在真空。一只长着蛇尾的巨鹰在夜空中盘旋,发出如同岩石坠落的声响,不断鸣叫着"以津真天,以津真天(日语:待到何时)……"片刻,蔽于黑云之后,消失了。白先生嘀咕了一句,师父,你是来为我饯行么。

基本上,东京酒店的房间都是小小的,远看像一格格发光的盒子。房间内,干净舒服,软装也精巧温馨,不会使人感到逼仄。

睡前,黑无常给他发来短信:青鸾这样的姑娘应该值得好好珍惜,不要像我留下遗憾。

白先生躺在床上,回想百年来与两位挚友的相处,不由得抱枕捂脸,抽泣起来。当晚,他做了个伤感的梦:

黑白无常和青鸾刚成为见习使者的时候,被派到上代降魔者以津真天手下,以津真天相当于三位的女师父。师兄黑无常骁勇善战,师弟白无常沉着冷静,师妹青鸾聪慧机灵。黑无常最得师父赏识。最终,两鬼日久生情,相约同时转世,来生再续前缘。为了等黑无常完成引渡名额,以津真天又在百无聊赖的冥界多待了几十年。

黑无常加班加点工作,手中的名额越来越少,转世的日子越来越近。以津真天却迟疑了:"喝了孟婆汤,百年来的记忆便全然没有了,我放不下。"

黑无常说:"我也舍不得,但没办法。相信我,我们来生会再见的。"

以津真天说:"即便如此,失忆后的那个你,还是原来的那个你么?你我都会有新的名字新的性格新的人生,重逢怕也是找不回过往了。"

他们决定偷取三生石以保留记忆,缘订三生。不料过程中事情败露,与上代三生石守护者鹭鸶大打出手。以津真天将事先备好的鸩羽作为暗器,射进鹭鸶体内。鹭鸶毒发身亡。黑无常原意只是偷盗,并非害命,质问道:"你哪里来的鸩羽,是不是早就计划好了?"

以津真天说:“我也不想,只是以防万一。现在开弓没有回头箭,我们离开这儿,到奈何桥去。”

黑无常说:“我们终还是要回来的,到时候凤凰不会放过我们。”

以津真天说:“一世报一世,冥界不计较前世业障,只要我们转世成功,都一笔勾销。”

两人取得三生石,赶往奈何桥。一路上阻拦的追兵——鸰、鹂、鹃、鹄、鸮、鹧、鸪、鸥、鹞——阎王座下的九大使者均被两鬼打败。站在桥的尽头,身负重伤的使者倒在不远处,伤势轻的还在劝阻:“以津真天,不要一错再错。”眼前便是转世的出口。以津真天看着黑无常,握住他的手,问道:“你后悔么?”

黑无常摇摇头:“不后悔,抓紧时间,你先看。”

以津真天托起通体透明的三生石,前尘往事散发出青色的微光,一幕幕放映出来。窥探三生石后的人或鬼,即便喝下孟婆汤,原本的记忆也会烙印在他们的灵魂深处。

以津真天将三生石递给黑无常:“到你了。”

话音刚落,天空被染成血色,两畔的彼岸花燃烧,凤凰从天而降,喷射出岩浆般的火焰。凤凰扑扇着双翼,阵阵热浪袭来,吹飞了以津真天手中的三生石。凤凰化为人形,变成了火红色瞳孔和嘴唇的妖媚女人。三生石回到凤凰手中,以津真天,你看过了三生石,我不能让你从这里过去。

黑无常说,如果我执意要带她走呢?

凤凰说,黑无常,你还没来得及看三生石,喝了孟婆汤,我允许你过去。

黑无常说,我是说我们一起走。

凤凰说,别讨价还价,除了三生石守护者,谁都不能带着前世的记忆转生。如果不是我及时制止,你也走不了。

黑无常从以津真天手中夺过死亡镰刀,向凤凰砍去。凤凰振臂一挥,便将他弹开。黑无常跪在凤凰面前,吐出一口鲜血,撑着刀柄不让自己倒下。

以津真天化作鹰身蛇尾的大鸟,向凤凰冲去。她们在天空缠打,羽毛如雪花散落,悲鸣声不绝于耳。白无常和青鸾闻声赶到,凤凰正从口中喷出火焰,以津真天吐出冰冷的水气。青鸾扶起虚弱的黑无常,白无常猜到发生了什么,幻化成头顶金光的白鹦鹉,冲上云霄。青鸾担心师父,更担心白无常,扶黑无常依靠着阑干,跟了上去。

师徒仨与凤凰激斗,终败下阵来,被打回原形,坠于桥头。

"你们师徒几人也算有情有义,"凤凰说,"这人与人相爱,鬼与鬼相恋,都再正常不过。我年轻时,比你们还炙热呢。活了那么久,什么没碰到过。你们也是,特别是你,以津真天。相比人类,你们存活的时间也不短了,很多事情应该看得更明白。生死轮回总有始终,怎么遇到爱情就盲目昏头了呢?"

"我也算仁慈的吧,只要你们不逾矩太多,何时怪罪过你们?"凤凰又说,"以津真天,你在冥界也够久了,记得当初还是我为你引渡的,我也不想重罚你。可你看了三生石,所有人的前世今生都写在上面。以防你泄露天机,只能剥夺你说话的权利了。还有,这轮回转世,怕也是不能了。"

"你们仨也不懂事。"凤凰呈现出人形,望着黑白无常和青鸾。她年轻的脸上露出一种老奶奶看孙辈的欢喜神情,仿佛刚发生的一切就像小孩子偷吃糖一样平常,"看来你们师父平时待你们确实不错,白无常和青鹭火下次注意,黑无常你还是要被小罚一下。"

凤凰接着说:"白无常,现在诸多地狱使者受伤,无法行动。你即日起,成为正式的地狱使者,接替他们的工作。现在三生石守护者已死,青鹭火你接替她,我将三生石传授于你。"

以津真天无力地说:"谢谢凤凰放过他们。"她仿佛接受了对自己的审判,只要三个徒弟不受到伤害,便心满意足了。

凤凰又说:"没收黑无常转世资格,追加九千九百九十九个引渡名额。你师父不能胜任降妖除魔的工作了,由你来接替。降伏一个鬼相当于引渡十个人,你虽善战,但这项工作十分凶险,凤凰火焰可以烧尽恶鬼,现在赐给你。"

凤凰从手中发出火焰,煅烧地上的死亡镰刀,烧得通红冷却后变得焦黑,不时窜出火焰:"现在你来为你师父行刑。"

以津真天绝望地呼喊:"不要,不要是我的徒弟来行刑,你不如直接烧死我。"

凤凰眼眶泛出泪花,准备施法杀死以津真天,黑无常说:"等一等,我……我来行刑。用凤凰火烧死她的话,就形神俱灭了。"

以津真天因伤势太重，动弹不得。黑无常拾起镰刀，以津真天说："看着我。"黑无常不肯抬头，泪水滴落，钻进土壤。

以津真天说："你就让她烧死我吧，我一时贪念，罪有因得。我宁愿形神俱灭，也不愿你对我动刑，不应该是你。"

黑无常泪流满面："我不愿意你形神俱灭。"

黑无常举起镰刀，以津真天最后说了一句："我爱你。"

镰刀划过以津真天的喉咙，来不及感到痛，行刑就结束了。她睁开眼睛，试图说话，却发不出声音，只能叫着"以津真天，以津真天。"一条蛇尾鹰飞向天际。

从此，偶有一只巨大的鹰型怪鸟会在黑夜翱翔，用日语哭诉着"待到何时，待到何时"。

4

一觉醒来，打开手机，已近中午 12 点。昨晚喝得太多，还有点晕乎。拉开窗帘，阳光照进房间，白先生拿起茶几上的生死簿，死亡时间变成了当天下午 2 点 15 分，地点位于银座六丁目 GINZA SIX 大厦六楼的茑屋书店。

洗漱后换上立领白衬衫，觉得衣柜里那身地狱职业装过于正式，他便穿上长款针织开衫和牛仔裤。因为对东京路线不熟，决定早点出门，以免错过正事。打开手机地图，查了大致方位。打开窗，变成白鹦鹉飞向远方。

鸟瞰银座，林立的高楼大厦，叠加出繁华的都市感。一座正立方体百货大楼，左右两个角分别镶嵌了拱形和方格的窗户——构成奢侈品牌 Fendi 和 Dior 东京旗舰店的立面。白先生降落在屋顶花园的绿草坪上，变回人形。

商场内为不显单调，利用扶梯和装饰金属栏的斜度，将各楼层错落开来。中庭悬挂着红白波点南瓜吊灯——由善于运用圆圈的草间弥生所设计。当然，她不是唯一一为这座新地标提供灵感的设计大师。从建筑到室内再到视觉设计，由谷口吉生、Gwenael Nicolas、原研哉联手操刀，将百货大楼打造成现代美术馆。

来到六楼，白色灯牌写着店招"茑屋书店"，真是一个有趣的名字，白先生心想。暖色调的灯光，书籍用展览品的方式摆放在木质书架上。美术、摄影、写真等物件被陈列在内，作为装饰。书店中间为展览区，以日本传统建筑"箭楼"为原型。阳光透过玻璃窗，从六公尺的天井照在高高的书架上。在纸质书似乎要被抛弃的时代，茑屋书店商业试验的成功对此提出反驳。时间在这里放缓了，白先生思考着时间的意义，当自己拥有无限生命时，他很少对此反省。当生命再一次走向终点，时间跟着有了长度，有了形状，甚至有了气味。

"应该找个这样的地方，停下来。"白先生想，"在星巴克买一杯咖啡，呆一个下午。"

导购员向顾客讲述着属于日本的故事，他注意到导购员没有四处乱逛，而是固定在专门的区域。一位戴眼镜的男导购在建筑类书籍区,为客户讲解:"这一排是建筑,这一排是日本传统文化。"白先生目光移向玻璃柜中江户时期风格的日本武士刀。片刻,他回过神,沿着一排排柜子,寻找生死簿上的人,26岁,女性。"生死簿也该与时俱进,加个定位功能,好歹放张照片。"他小声抱怨。

"这一排的分类是希望/绝望,这一排是爱情,这是很有创意的分类法。"

白先生向前踱步,在标着"相遇/别离"的书架前驻足。昨天为他带路的姑娘出现了,咖啡色贝雷帽,奶茶色上衣和黑色纱裙,正认真阅读着手里的书。记忆中的那个女子突然清晰,大大的圆眼,樱桃小嘴,有点婴儿肥——和这个带路姑娘长得一模一样。

还不及上去打招呼,地面开始剧烈晃动,有人惊呼"地震了"。日本群岛地处亚欧板块和太平洋板块的交界地带,每年大大小小的地震不计其数。转瞬间,吊灯摇曳,重物落下,玻璃破裂,书柜倒伏。有人乱蹿,有人努力平衡,有人躲到桌底。

书架像多米诺骨牌,砸向那个姑娘,她抱着头,浑身哆嗦。白先生变出一把刀柄绑有白色布带,刀刃刻有鹦鹉纹的武士刀,瞬移到姑娘身前,一阵白光闪过,切口边缘平整,书架被劈成两半,朝两边倒下。将刀插入地下,地震停止了。姑娘抬起头,白先生拔出刀,伸手拉她起身。

白先生说:"没事吧?"

姑娘惊魂未定，一时说不出话来。

白先生看表，2 点 18 分，离死亡时间刚过三分钟。偷偷掏出生死簿，死亡时间延迟了两小时，地点变成了秋叶原。这个姑娘正是他最后需要引渡的人——陈雪鸢。

陈雪鸢说："没事，谢谢你。"

白先生说："你忘了，我们昨天见过面，你帮我带路的。"

陈雪鸢说："想起来了，刚才太紧张，一时忘了。"

白先生说："地震已经停了。"

陈雪鸢说："太感谢你了，还不知道你的名字呢。"

白先生说："叫我小白就可以了，你呢？"

陈雪鸢说："陈雪鸢，耳东陈，下雪的雪，是鸟字底上面一个弋。"

白先生已推测出她的名字，也知道了她的命运，心中不免难过起来。他引渡过各种各样的人，只有死亡才做到了真正的公平。无论善恶贫富美丑，最终都面临相同的归宿。就在刚才，他做了一个决定，拯救这个姑娘。虽然之前他也曾擦边球式干预过人间事，但这是第一次阻止死亡。他不知道这个决定意味着什么，也不知道为什么要救她。是因为她漂亮，帮助过自己，还是长得和回忆里的那个女子一模一样？

陈雪鸢说："你的武士刀哪来的？"

白先生说："后面玻璃柜不是陈列着很多么。"

陈雪鸢回头看被震碎的玻璃柜，武士刀东倒西歪。白先生不能说刀是变出来的，是他作为地狱使者的专用武器。如果这样说,陈雪鸢肯定觉得他疯了。

陈雪鸢说:"我请你喝杯咖啡吧。"

白先生说:"地震了,哪里还可以喝咖啡?"

陈雪鸢说:"去秋叶原看看,那里有一家女仆咖啡馆,宅男都喜欢。看你是来日本旅游的,带你体验一下。"

白先生说:"女仆? 宅男?"

"一种二次元文化。这类咖啡馆的服务生会穿着女仆装叫客人主人,长得都很卡哇伊。"陈雪鸢解释道,"宅男是舶来词,不仅指闭门不出的男生,也泛指喜欢动漫游戏的人,也叫御宅族。我自己也很喜欢打游戏。"

白先生想到生死簿上的地址:"我对游戏一般般,换个地方吧。"

陈雪鸢说:"也行,不过你该不会是看到漂亮小姐姐紧张吧?"

"不会。但是姐姐不是用来形容比自己年长的女生么,我都上百……"白先生差点暴露年龄,"……好久没用这个词了。"

"不是啦,小姐姐是形容小美女的,"陈雪鸢说,"你看起来和我差不多大,估计平时不太上网吧。"

白先生说:"确实,手机一般平时工作的时候用。"

因为地震多发,日本建筑的防震措施做得十分到位,没有大楼倒坍,但原本干净的路面还是变得乱糟糟,不少店铺打烊了。

走了几条街,找到一家还在营业的咖啡馆。店内经过打扫,基本恢复了整洁,一名店员在擦拭着看起来已很干净的柜面。

陈雪鸢说,今天真巧遇到你,谢谢你救了我。

这句话路上她已说过很多遍。

白先生说,不用放在心上。

陈雪鸢说,你来日本旅游?

白先生说,应该算出差吧。对了,你是做什么的?

陈雪鸢说,我是游学老师,策划夏令营,接待那些想了解日本文化的学生,安排他们的参观游览住宿。

白先生说,我跟你差不多,也是人到一个陌生的地方,我来接待他们。

陈雪鸢说,导游么?

白先生说,先保密,以后有机会告诉你。

陈雪鸢说,搞这么神秘,我们加个微信,下次记得告诉我。

又聊了一会儿,陈雪鸢表示家里的猫还等着喂食。他们一起走到地铁站。因为要前往不同的方向,便就此别过。

白先生重看生死簿,死亡时间又改成了下周末。

他们站在对面的月台上,互相遥望。陈雪鸢朝白先生挥臂招手。白先生给她发了微信,下周末你有时间么?

陈雪鸢回复,下周末我有时间的。地铁进站,挡住了她的视线。等车开走,白先生已经不见了。

5

连续几天没陈雪鸢的消息，白先生躺在床上，手中是生死簿，死亡日期并没有变化。陈雪鸢的脸一直在脑海浮现，他怀疑和陈雪鸢前世可能是情侣，却不记得发生过什么。只知道他当初为了不忘记这段爱情，放弃了转世成人的机会，换回的只是脑海里零碎的片段。

他不想搞清楚原委，因为没有意义。首先，他重新转世的计划没有动摇，喝下孟婆汤，还是会忘记前尘往事。其次，即便想起来了，陈雪鸢也不记得他是谁，而她也不是当初的那个她了。自己何必去冒险探知事情的下落呢。

又看了一眼生死簿："还有三天。"起身变出武士刀，向生死簿砍去。刀落在生死簿上，发出铁器碰撞的响声，虎口被震得生疼。他好久没有疼的感觉了，又连着砍了几刀，感觉手臂都要脱臼了，生死簿却丝毫无损。

"看着跟纸片一样薄，怎么刀都砍不烂。"他躺下来，那女子的脸变得模糊。他疲惫地笑了笑，陈雪鸢也在冲他笑——她站在月台朝他挥手，他想坐起，却无法动弹，任由陈雪鸢替他删了之前的回忆。虽然记忆模糊，他能记得那种情感，这种情感眼下被嫁接到了陈雪鸢身上。

他感觉背叛了回忆中的女子，努力说服自己，"即便陈雪鸾是她的转世,即便她们长得一模一样,也不是同一个人了。"

"还有三天,这次我一定带走你。等任务完成,我就可以从回忆里解脱了。"

他似乎想通了,从枕边拿起手机,刷了会儿朋友圈。除了黑无常和青鸾,他没几个朋友。很多认识的人在智能手机普及前就不在了,之后他很少再交新的朋友。这并不是说,他朋友圈的人数寥寥无几。他扫了一圈,还是有不少联系人的,不过大多数在添加为好友后,便在微信列表里休眠了。

很快将新动态刷完,陈雪鸾的最新照片配文是:下个月就是我的生日啦,有点想回国和父母一起过。

看到这个帖子,白先生心中又难过起来,对他来说,目睹这样的经历早已司空见惯——姚川见到亲手捅死的小三借尸还魂;顾红梅在殡仪馆痛悼患肺癌去世的父亲;卫一鸣为心爱的女孩在跑马拉松时猝死而哭……每一次白先生只能旁观,却无能为力。他并未因此麻木,而是一次悲伤伴随着更深的悲伤。他不愿再观摩这些人间悲剧,想尽快结束漫长的一生。

"我是地狱使者,她是将死之人。我们之间没可能的,她不知道,但我明白。"

"只有人类才会把时间浪费在没可能的事情上。"白先生这句话是自相矛盾的,他平时出行不用腾云术,坐交通工具。联络不用穿越术,用手机电话。他刻意不接受自己是地狱使者的事实,伪装成人的样子。看着陈雪鸾的微信照片,切断的思绪又回来了。他现在需要一个理由忘记,好让自己保持理性。

陈雪鸢打来电话:"我遇到点困难,能不能来帮我?"

白先生查了生死簿,死亡时间和地址发生了改变,问了一句:"你在哪?"

一边说,一边飞出了窗户。

6

转眼一个月过去,陈雪鸢的生日快到了。他们期间见过几次面,每次陈雪鸢遇到危险,白先生总能及时出现。陈雪鸢逗他,是不是跟踪自己。白先生严肃地回答,只是碰巧路过而已。因为他的介入,陈雪鸢的生命被延长了。相反,他的转世则被推迟了。他知道作弊行为很快会被阎王发现,自己会不会落得同以津真天和黑无常一样的下场呢。他心想,先不管这些,至少等她过完这个生日吧。

白先生说,这个周末是你的生日?

陈雪鸢说,嗯,你看到我朋友圈了。

白先生说,可以回国和父母一起过。

陈雪鸢说,不行,马上到假期了,是旺季。

白先生说,生日有什么愿望?

陈雪鸢说,想去一次海洋迪士尼。

白先生说,之前没带学生去过?

陈雪鸢说，当然去过，都是陪学生玩。工作的时候，没有兴致好好玩。

白先生说，我还没去过，你生日那天，一起去吧。

陈雪鸢说，好啊。

透过米老鼠头像窗户，五彩缤纷的糖果色砖块砌成一个童话世界。喷泉的水花托起天蓝色的地球仪，弯曲的海草缠绕在贝壳状的护栏上，四周环绕着梦幻浪漫的旋律。蜂拥的人群挤进场馆，撞得陈雪鸢一个趔趄。白先生拉她到身边，她挽住他的臂弯。

陈雪鸢说，你笑的时候挺帅的。

白先生没意识到自己笑了——他很久没笑过了，久到忘记了笑需要调动哪些脸部肌肉——转过头去看陈雪鸢，她也在看他。

游客已排起长龙，小孩子的吵闹盖过了悠扬的背景音乐，不少大人打着哈欠，一脸无奈、还没睡醒的样子。

白先生说，先去哪里玩？

陈雪鸢指着前方假山似的建筑，先去"海底两万里"吧。

白先生攥住她的手，走到了队伍后排。

……二十分钟后，两人踏上了潜水艇式的游览车，潜入幽蓝的海底世界。红色提示灯旋转起来，玻璃夹层不断冒着人造气泡。窗外灯光变暗，气泡碎成细末，如同真的在水中呼吸一般。美丽的珊瑚，沉没的船只，残破的渔网，巨大的章鱼触手发出闪电，提示灯发出警报声，被击中的潜水艇摇晃起来，陈雪鸢有点害怕,扯紧了白先生的胳膊。

从海底回到地面,白先生说:"觉得好玩么?"

陈雪鸢说:"好玩,怪不得学生都喜欢玩这个项目。"

白先生说:"接下来去哪?"

陈雪鸢说:"跟着我走吧,我是老司机。"

神秘岛上的火山岩浆即将喷发,失落河三角洲的乱石林立,午后阳光慵懒地洒在美国海滨的码头上。一栋造型诡异的古老高塔藏匿于棕榈树的身后,陈雪鸢说:"这是惊魂古塔,自由落体,和跳楼机差不多。"

走进古塔,昏暗的灯光,充满悬疑感的音乐,试图营造出恐怖。广播里,播音员用夸张的语调讲述着离奇故事,陈雪鸢模仿播音员的声调:"哈里逊·海陶尔三世曾是一位喜欢收集古董的大富翁……"

白先生打断道:"哈里逊·海陶尔三世,男,1899 年 12 月31 日 0 点,死于自己建造的高塔饭店。"

陈雪鸢说:"你是不是提前看了游园攻略?"

白先生故意压低声音:"哈里逊·海陶尔三世有一尊受诅咒的雕像,那天他在宴会上展览了这尊雕像,结果电梯坠落,他意外摔死。"

陈雪鸢推了他一下:"不要吓人了,编出来的,我才不信呢。"

白先生变回正常的语气:"那可不一定。"

陈雪鸢翻了他一个白眼,白先生偷笑,装没看见。

电梯升到制高点,透过窗可看到远处的火山。猝然,电梯失重下坠,耳旁传来惊叫声,白先生辨出陈雪鸢细而尖的声音,握住她的手。电梯悬在半空,返回制高点,再度下落。在嘈杂中,白先生仍听到了类似滑轮和钢丝绳的断裂声。电梯坠落理应是瞬间,但它完全没停下的意思。白先生立即反应到发生了什么,变出武士刀插进墙壁。刀身与墙体剧烈摩擦,火星不断从裂缝中炸出。电梯开始减速,终于在楼底处停了下来。

人们以为项目结束,有序地离开电梯。白先生拔出武士刀,刀身仍处于红热状态,墙壁被划出很长的裂痕。他收起刀,还是被陈雪鸢看见了。可能是后怕,抑或是对他身份的疑惑,她脸色苍白,读不出任何表情。

沉默并肩,走了很长一段距离,白先生想告诉她真相,不知怎么开口。他试图去牵陈雪鸢的手,隐约感觉她也想牵自己的手。手指在空气中,却始终抓不到对方。

陈雪鸢停下脚步:"你是谁?"

白先生说:"我是白无常,地狱使者。"

陈雪鸢说:"不要编鬼故事吓我了,我不信。"

白先生变出武士刀,一对巨大的白色羽翼在背后张开:"现在相信我了么?"

陈雪鸢说:"如果你是地狱使者,为什么每次我遇到危险时,都会来救我?"

白先生说:"换个角度,每次我出现你都会遇到危险,你不觉得是我带来的厄运么?"

陈雪鸢说:"传说中地狱使者都是一身漆黑,而你长着白色的翅膀,我觉得你更像是保护我的天使。"

白先生说:"我本来的任务是带你走,却发现爱上了你。"

烟火秀开始了,白先生挥动翅膀,搂住她的腰,飞到半空中。烟花的光照在陈雪鸢的脸上,为她涂抹上不同颜色的胭脂。陈雪鸢看着他的眼睛:"我也爱你。"她害羞地低下头:"世界上怎么会存在这种事情呢。"

白先生说:"如果我真的存在,也是因为你需要我。"

陈雪鸢说:"我读过这句话,英国作家克莱儿写的《摆渡人》里的一句台词。"

白先生说:"地狱使者不过是灵魂摆渡人的另一个说法。"

陈雪鸢说:"我们就像书中的迪伦和崔斯坦一样。"

白先生变出一个抹茶蛋糕:"对了,生日快乐。"

陈雪鸢说:"你怎么知道我喜欢抹茶,这是我最难忘的一个生日。"

两人拥吻在烟花构成的星河中。

7

陈雪鸢的生日过去了两周,她变得忙碌起来。下班后,白先生会等在她公司门口接她回家,他感觉生活有了温度,连原先不太使用的手机,也从单纯的机器变成了传递感情的工具。像所有热恋的情侣一样,逛街吃饭看电影,美好的时光让他感觉又变回了人类,也淡忘了陈雪鸢的名字还写在生死簿上的事实。偶尔,他会在夜深人静时想起这些,会感到一丝悲伤,却不再感到害怕。握紧武士刀,望着窗外东京的夜景,他摆出抗争的姿势。

送完陈雪鸢,回到酒店。插卡取电,灯亮了,黑无常和青鸢坐在沙发上。

白先生说:"你们怎么进来的。"

这个提问实际上是在问他们的来意,黑无常反问道:"我们今天为什么来你难道不清楚么?"

白先生说:"凤凰派你们来当说客?"

青鸢说:"不是,如果是她派人来,就麻烦了。"

黑无常说:"已经麻烦了,你觉得凤凰不会察觉到么?我们听到风声,她派了姑获鸟和入内雀,接替你完成这次引渡。"

青鸢说:"我们是你最好的朋友,所以来提醒你。"

白先生说:"我料到了。"

黑无常说:"你有什么打算?"

白先生亮出武士刀:"老黑,你也曾为爱牺牲过,你应该最理解我此刻的心迹。"

"所以我不希望你犯同样的错误,"黑无常说,"事情并没有你想象得那么简单。陈雪鸢是因果关系中的异端,她的死亡伴随着灾难。你回忆一下,比如地震那次,还有你们去迪士尼,大量周围的人会跟着她一同死亡。"

青鸾说："为了救一人,选择牺牲更多的人?"

"我不信拯救苍生那一套,"白先生说："如果我是异端,你们也会杀了我么?"

青鸾说："事态严重,凤凰才会派出姑获鸟、入内雀这样的高手。你不可能从他们手下救出她的。趁为时不晚,完成引渡。一来免去责罚,二来完成最后一个名额,你就可以转世了。否则前功尽弃,值得么?"

白先生说："值得。"

青鸾说："前世的你因为她放弃转生,结果今生还是因为她。"

"每一世都是新的旅程,前世我不记得了,我喜欢她,是喜欢现在的她,而不是过去的那个幻影。"

黑青两鬼无言以对,沉默了一段时间,黑无常从袋中摸出一个装满紫色毒液的小玻璃瓶,递给白先生："当初师父与凤凰决战时,偷偷交给我的鸩羽毒液,我一直留着。现在转交给你,希望能派上用场。"

青鸾从身后抱住白先生："如果你要送死,我陪你一起。"

白先生轻轻推开她："青鸾,我们早就死了。"

青鸾第一次从白先生的眼中看到泪水,不由也湿了眼眶。

白先生张开臂弯,环抱两位挚友："无论这次我是否完成引渡,都再也见不到你们了。"

天空开始下雨,一只啼着"以津真天"的巨鸟穿梭在布满闪电的云层中。

8

这两周，他们都在约会，知名的景点，热映的电影，差不多都看了一遍。想不出新花样，就到处找馆子，每天在外面用餐也吃腻了，陈雪鸢邀请白先生来家里吃饭。白先生每天送她，从没上过楼。这天，白先生起得比平时更早些，一边刷牙一边打开衣柜，他准备穿那件白 T 恤和单宁牛仔裤——这是陈雪鸢送给他的，她说，你平时的衣服太正式了，这么穿不仅好看而且舒服，人也显得更年轻更有活力——白先生不太习惯穿休闲服，既然女朋友喜欢，还是换上了这身行头。

电话响了，是陈雪鸢的声音："喂，早安。"

"早安。睡得好么？"

"特别好，昨晚梦见你了。"

"梦见我什么了？"

"梦见我们变成两只鸟，一起飞往天际。"

"我们会永远在一起的。"

"你打算几点过来？"

"准备过来了，坐地铁大概一小时。"

"我正准备下厨，过来刚好吃早午饭。"

"煮了什么？"

"你来了就知道了，是你爱吃的。"

虽想快点见到她,白先生却没直接飞过去。走过繁忙的街道,看着来往的地铁,他觉得谈恋爱之后更像人类了,拥有了思念的甜蜜,也产生等待的焦虑,他享受这种感觉。人生的每一天都如此截然不同,是鲜艳的、动听的、芬芳的;也是冰冷的、苦涩的、悲伤的。如果失去这些情感,无尽的存在将变得毫无意义——这可能是其他地狱使者重新转世投胎的原因。

推开门,小白猫正在猫粮盆边喝水,警惕地看着这个陌生人,不一会儿便害怕得不知道躲哪里去了。房间不大,厨房和客厅紧连在一起。花卉图案的桌布铺在正方形的木质餐桌上,桌上摆着花瓶和小绿植。餐桌旁有两把不一样的椅子,一把是与桌子相同颜色的木椅,另一把是放着橘色条纹靠枕的白塑料椅。白先生原以为是故意搭配,问下来才知是原配木椅坏了,不过混搭倒使局促的空间多了变化。

陈雪鸢端上两碗乌冬面,配有昆布、鱼板和天妇罗。

"快尝尝,好不好吃。"

"这是我吃过最好吃的乌冬面。"白先生故意吃出很大的动静。

"真的么? 锅里还有,怕你不够,多炸了一份天妇罗。"

"你做的,我保证全部吃完。"

"下午我准备了零食,看动漫打游戏的时候再吃。"

"太丰盛了,我都有点期待晚餐了。"

"晚餐简单点,准备做牛丼。"

"你还会做什么?"

"饭团,玉子烧,还有鳗鱼饭。"

"你是日餐达人呢,"白先生最近学会了不少网络用语,"我要被喂成猪了。"

吃完饭,陈雪鸢带白先生来到卧室,两张懒人沙发,正对着挂壁电视机,茶几上摆放着日式点心:和菓子,白色恋人牌饼干,木鱼花洒在章鱼烧上跳舞。陈雪鸢取出一沓碟片,问他想看动漫还是打游戏。

"没想到你还是一个宅女。"

"可能是跟小朋友接触比较多,我还挺有童心的。"

"应该是你有童心,才能胜任现在的工作,很多人觉得带小孩挺麻烦的。"

"也是,我和小孩子比较玩得来。对了,选哪个? 动漫还是游戏?"

"我随便,之前都没玩过。"

"那先看会动漫吧,刚吃完饭不想动,"陈雪鸢从碟片中挑出一张,"这部剧场版我特别喜欢,也适合男生看。"

"你还保留着这么多 DVD,我以为现在大家都是网上看。"

"这是典藏版,附带未收录的映像。对我们粉丝来说,具有特别的意义。"

"这就是你常说的'为爱发电,为爱买单'的意思么?"

"你从哪里学会了这么多新词。"陈雪鸢将碟片放入播放机,按下播放键。

"跟你学的。"

"我可没教你。"

随着动漫的播映,桌上的零食逐渐见底。

陈雪鸢说:"我们俩真能吃,晚饭都吃不下了。"

白先生吧唧吧唧嘴,这份甜蜜并不是来自食物本身,而是来自恋爱的感觉。他说:"我还能战斗。"

"来一场真正的战斗吧。"陈雪鸢笑着拿出一台 Switch 和一个游戏手柄,将 Switch 放置到 Dock 上,游戏画面顿时无缝切换至电视屏幕。

"想先玩哪个?有《萨尔达传说》《超级马里奥》还有《任天堂明星大乱斗》。"

"你做决定吧,我对游戏不熟。"

"最后一个吧,是格斗向的,可以两个人玩。"

玩了一会儿,陈雪鸢换了一款体感游戏。起初,白先生操控 Joy-Con 动作很别扭,等稍加熟悉,精美流畅的画面,身临其境的音效,让他上手很快,在有些关卡中得分比陈雪鸢还要好:"看来你游戏打得一般般。"

陈雪鸢说:"我打游戏是为了开心,不是为了胜负。"

白先生说:"输了怎么开心呢。"

陈雪鸢抱住白先生:"要看输给谁了。"

说着起身去厨房:"我先去做饭了,这游戏好难,要是有人帮我练级就好了。"

"我来帮你。"白先生一副踌躇满志的样子。

不到一刻钟,陈雪鸢托着黑红相间的餐盘过来,盘里是牛丼和味噌汤。白先生收走茶几上的杂物,两人盘腿而坐。白先生嗫了口汤:"好喝。"

陈雪鸢将碗里的牛肉匀些给他:"好吃你就多吃点,我下午零食吃饱了。"

陈雪鸢边吃边刷微博,忽然叫了一声:"京阿尼发生火灾了。"

"京阿尼?"

"京阿尼是粉丝对京都动画株式会社的昵称,我们下午看的动漫剧场版就是他家制作的,还有《Free!》《轻音少女》《玉子市场》,我都超级喜欢。"陈雪鸢低头搜索相关消息。

白先生凑近一些,一同查看网上新闻。

陈雪鸢说:"上午发生的纵火案,已造成34人遇难,原画全部被毁,火灾发生的同时,设计师还在抢救画作。"

白先生看着照片上的滚滚浓烟:"可怜的人,这种往往不是被烧死的,而是吸入有毒的一氧化碳窒息而死,很痛苦的死法。"

"工作室一共70几个人,半壁江山没了,为什么受到伤害的总是无辜的人?"

白先生说:"或许世界本就是不公平的吧。"

"我很期待他们即将发布的新作《2020夏》,看来项目要中止了。"陈雪鸢开始抹眼泪,"只希望死亡数字不要再上升,图没了可以重画,人没了就全没了。"

白先生若有所思:"是啊,人没了就全没了。"

陈雪鸢说:"现在网上的说法是,41 岁的嫌疑人青叶真司自称发明了名为'barisaku'的特殊拍摄技巧,跟京阿尼出品的《吹响!上低音号》里一段低音萨克斯独奏重名,认为剽窃了他的自造词。事发当天他在附近加油站买了两箱 20 升的汽油,随后就发生了纵火案,警方还在他的包裹里发现了菜刀和锤子,他压根儿就没想让里面的人活着出来。"

陈雪鸢的情绪被网上的评论调动着,她为那些消逝的人和画感到惋惜,对社会的戾气感到气愤:"说青叶真司有精神病,现在精神病成了杀人犯最好的挡箭牌,很多恶性事件的施暴者都说是精神病,从而被从轻量刑。这种情况越来越多,谁知道是真的还是假的,一句精神病就逍遥法外,谁来保护受害者呢。"

"精神病人中犯法的只是一小部分,"白先生说,"恶人总会想办法为自己开脱。"

"你说你是地狱使者,恶人死后会下地狱么?"

"人都会前往地狱的,恶人或许会受到惩罚吧,可也不一定,因为恶的界定有时并不那么清晰。"

天色渐暗,陈雪鸢束起头发,白先生觉得她格外好看。他见过无数美丽的事物:花,珊瑚、星河。它们的美源自重复密集,他不喜欢这种集体式美感,他欣赏独立个体的唯一性,月光、诗歌、画作还有女人的身体。在他漫长的生命里,见证最多的就是美丽事物的消逝,人们炮制了各式词语形容这一过程:枯萎、融化、陨落、衰老……这些词藻为死亡涂上了一层诗意。白先生认为一切消逝的事物都没有意义,花谢花开,月圆月缺,他还能背出几首无人知晓的古诗,诗人早已离世,才华似乎也没有被世人铭记。陈雪鸢的美不同于任何一种,她的美专属于彼此,仿佛她就是世界。白先生有时翻看她的生死簿,试想失去她以后,自己会不会彻底迷失。也想过如果离开的是自己,对方会不会感到彻底的孤单。

白先生说:"你明天怎么安排?"

陈雪鸢说:"明天周一,要接待一批学生,带他们去参观浅草寺和明治神宫。"

白先生说:"所以明天要早起?"

陈雪鸢说:"嗯,我去卸妆,洗澡睡觉。"

看着她走进卫生间,白先生从口袋里摸出生死簿,翻看卡片上的名字,京阿尼的设计师们在烈火中痛苦挣扎,惨声不绝于耳,黑烟伸出火舌,吞噬了他们的身影。他不由叹了口气,卫生间的水声停止,陈雪鸢穿着睡衣,湿发使她更清纯可人。陈雪鸢走近,打了个哈欠:"有点困了。"

白先生说:"早点休息吧,明天还要上班。"

地狱使者对于死亡的体会比常人更深刻,白先生闭上眼睛,脑海反复播映着京阿尼的惨状,连同多年来他引渡死者的情形,心情难以平复。想起陈雪鸢的游戏角色还没升级,便打了一会儿游戏机帮她练级,好让注意力分散,但这个方法并不奏效。

东京的夜灯火通明,陈雪鸢的死期被标注为明天。他嘀咕道:"看来那两位大人到京都了,还闹出那么大动静。"回头看进入睡乡的陈雪鸢,想喊她起来欣赏夜景——或许这是她生命中最后一个夜晚了——很多人不知道自己还剩多少时日,永远不懂得珍惜眼前。太阳明天总会升起,有的人却没有机会再看到日出。陈雪鸢抓着枕头,好像枕的是他的胳膊一样。她是如此年轻,如此漂亮,白先生不忍叫醒她,他抽出武士刀,刀身在月光下散发寒光:"这不会是你最后的夜晚。"

9

翌日,早早出门。白先生牵着陈雪鸢的手,在便利店买了面包咖啡,在店内的小餐板上吃完早餐。又走一程,看见写着雷门两字的大红灯笼——这是浅草寺入口。班车上走下一群小朋友,陈雪鸢站在他们中间,语气跟着变嗲了,说话时比画着手势,可能肢体语言更容易吸引学生。

白先生朝陈雪鸢挥挥手,目送她带着学生们走进雷门。

黑无常就住在附近,白先生打算去会一次老友。一路上,白先生在犹豫到底该不该请他帮忙。他知道只要开口,按黑无常的性格,一定会设法帮助自己。一来他重情义,二来当初搭救以津真天时,也算欠自己一个人情。不知不觉,走到了黑无常住处,想按门铃,却又缩回了手。作为朋友,黑无常和青鹭已多次告诫,既然执意做了抉择,就要为此负责,怎能将他们置于危险之中。有的路只能独立面对,只要不后悔就好。转身正欲离开,听到黑无常低声说:"待到何时?"

从雷门出来,陈雪鸢带着学生就餐,随后乘班车前往明治神宫。走过神宫桥,有一座中国牌坊式的建筑——鸟居。陈雪鸢一边讲解,一边带学生走进鸟居。以为是错觉,她眼前闪过一道白光,很快又消失了。陈雪鸢发现周围寂无一人,喊学生们的名字,无人应答。天空变暗,抬头是日月星辰,原本郁郁葱葱的树木瞬间枯死,浸没在夜色之中。陈雪鸢心里害怕,便给白先生打电话,手机却不在服务区。除了脚踩在石子路上的声音,一切寂静,一切荒凉。

时间静止了,出现一个更为高大的木制鸟居,木料沉厚,必是千年树龄的木料,仙鹤和孔雀站在镶着三朵金菊图徽的横梁上。等她穿过鸟居,两只鸟飞走了。想到白先生说起关于地狱使者的事,她决定循原路而返。走到半道,被一面清酒坛子堆成的墙挡住,她不记得刚才见到过这面墙。她认出了此乃通往正殿的路,更感困惑,明明是往回走,为何越来越靠近正殿。走过第三座鸟居,迎面走过一名打着伞,粉涂得很白的美女。

正当陈雪鸢纠结要不要问路,美女先开口了,你知道鸟居的作用是什么?

陈雪鸢说,学生有时也问我这个,鸟居代表神域的入口。

美女说,的确,鸟居是连接神域和俗世的大门,你现在进入神域冥界,便不能返回。

白先生从陈雪鸢身后闪出来,你就是姑获鸟大人吧,听闻你只负责引渡夭折婴孩。这位将死之人陈雪鸢,26岁,按年龄应该不归你管。

姑获鸟说，如果不是有人擅离职守，我又何必来蹚浑水。这确实不是我的职责范围，你身后这位入内雀是判官，专管这类人，你问问他同不同意。

孔雀走到姑获鸟边上，化身戴单片眼镜的青年男子，我是入内雀，凤凰命我负责引渡异端者，由姑获鸟协助。

白先生说，如果我执意要带她走呢？——这句话，和当初黑无常救以津真天时一模一样。

入内雀说，白无常，身为地狱使者，你应明白什么该做，什么不该做。

白先生说，都只在乎应不应该做什么，却不关心我想不想做什么。

入内雀说，做人做鬼，都不得随心所欲，世界有方圆，有规矩，不然就会乱套。

姑获鸟用伞尖刺破一个口子，尘世的景象显现进来，你看这些忙碌的人们，哪个甘愿面对生活的压力，社会的不公，人间的黑暗？那个农村小孩，是留守儿童，在学校里被同学欺负，为了不让父母担心，默默承受。那个中年男人，不喜欢现在的工作，可上有老下有小，还是得连续上班。那个刚抢救过来的老奶奶，偷偷攒了安眠药自杀，因为不想子女为她的绝症再付昂贵的医药费。你以为他们愿意这样？人是没有选择的。

白先生说，他们虽然不幸，仍用自己的方式去守护爱的人。

入内雀说，最可悲的就是你这样自以为有能力改变劫数的人。

姑获鸟说，陈雪鸢的阳寿已延后多时，知足吧。

白先生说，知足？本就是地狱使者要夺人性命，怎么反过来说话了。

姑获鸟说，地狱使者从不干预生死，都是因果。

白先生说，那你们现在所做何为？

入内雀说，若不是你先犯规，她早就该完成引渡了。

白先生说，既然说我犯规改了因果，不如一鼓作气。

陈雪鸢听到他们的对话，脸色煞白，拉住白先生的胳膊，防止摔倒。

白先生说，你们在人间的隐藏职业是成功学讲师么？我不需要听这套负能量的说教。

牵着陈雪鸢的手，转身离开。几枚孔雀羽状的手里剑和"苦无"从两人身边飞过。白先生回过头，入内雀长出了鸟尾，呈现出孔雀开屏的嚣张："再往前走，我的暗器就瞄准她了，被我射中的人，不入轮回，不得转世，你想清楚。"

10

白先生挡在陈雪鸢前面，手握武士刀，眼前的幻象不是明治神宫，而是冥府，"你把她引到黄泉，是因为这里没有回头路,凡人没有地狱使者的指引走不出去。但我说了,今天非要带她走。"

入内雀收起鸟尾,甩出绳索,拴住陈雪鸢,试图将她拉回。白先生斩断绳索,砍向入内雀,姑获鸟赶忙用伞柄格挡。三人厮斗如电影场面。白先生姑获鸟刀伞相向。姑获鸟攻速极快,招招刺向要害,白先生挺刀挡住。金属刀身伞柄对撞,橙色火花在正殿发亮。

陈雪鸢捂住耳朵,眼神不离白先生。入内雀潜投掷各类飞镖暗器,白先生单手舞剑花,将暗器弹开,并试图将其中几枚反射到姑获鸟身上。一远袭一近攻,白先生渐渐招架不住,变成鹦鹉飞遁,两个对手也变成仙鹤、孔雀,追了上去。鹦鹉在体型上不占优势,被鹤的长喙雀的利爪弄伤,白羽毛散落一地,终于被打回人形,摔在正殿屋顶上。

白先生从口袋取出装着鸩毒的玻璃瓶,打开瓶盖,将毒液倒于刀刃。毒液沿着刀锋流下,遍布刀身,发出淡淡紫光。

姑获鸟乘胜追击,被入内雀拦住,小心点,鸩毒可使我们神形俱灭。

远处飞来一只乌鸦,落在房顶上变成黑无常。他一边扶起白先生,一边低声喝道,不止鸩毒,我这镰刀上燃烧的凤凰火焰,也可以使你们化为灰烬。

姑获鸟说,听闻黑无常善战,故凤凰赐你死亡镰刀,助你降妖除魔,可不是让你来派这个用处的。

赐我?凤凰骗了你们,这是她给我的惩罚。黑无常挥刀横削,姑获鸟撑开伞格挡,伞面被戳出一个窟窿。姑获鸟生出双翼,在空中划出凌厉剑气,劈向黑无常。黑无常支开姑获鸟,对白先生说,这里交给我,你带她先行离开。

白先生从屋顶跃下,奔向陈雪鸢,入内雀飞到他面前,挡住去路。入内雀从袖中摔出绳镖,套住白先生握刀的手,接连射出十几枚暗器。白先生因右手被绳牵掣,只得侧身闪躲,眼看要被飞器刺到,白先生闭上眼,陈雪鸢的脸和回忆中的那个女子完全重叠在一起,脑海闪回出过往的种种片段,他开启目光,已被包裹在青色的半透明球形屏障中,飞器均被挡在屏障之外。黑无常将刀架在姑获鸟脖子上,青鸾用绫缎牢牢捆住入内雀,三生石漂浮在后,制造出屏障。

姑获鸟说,你敢杀我?考虑过后果么?

黑无常说,这刀曾划过我师父的喉咙,你说我敢不敢。

白先生说,青鸾你不该来。

青鸾说,你有难,我怎么可能不来帮忙。

入内雀说,没想到青鹭火也来了,凤凰不该将死亡镰刀和三生石这样重要的神器交给你们,不然怎么会是我们的对手。

青鸾说,屏障结界等我们离开后会自行消失,不会伤及你们性命。

姑获鸟说,你们逃不掉,我们会追上来的。

黑白青陈一行人刚想离开,身后正殿突然爆炸,一只火凤凰冲上云霄,照亮了夜空,地面随即开出赤红彼岸花海。凤凰变回美艳的女人,挥一挥手,屏障顷刻如玻璃碎裂。入内雀挣脱束缚,用锁链反将青鸾绑住。黑无常劈向凤凰,凤凰将镰刀踩在脚下,碾碎刀刃,只剩一截长柄。

凤凰说,想用我赐的火焰烧死我,真是讽刺。

白先生说,那不知鸩毒能不能伤到凤凰呢。

凤凰说,你想效仿你师父,可惜连她也没有做到。我可以原谅你们犯过一次错,第二次再犯,不会信任你们了。

白先生说,是非对错都是你定义的,你是游戏规则的制定者,输的永远都是玩家。

凤凰说,你并不是你所自认为的好人,地狱使者生前都是执念或原罪深重,长生不老对你们来说是惩罚,让你们有时间重省,也有机会将功补过。

白先生说,我不记得之前的事情,只珍惜当下。

凤凰说,不记得不代表没有发生过,不信你问问青鸾,你前世的罪状都记录在三生石上。你的最后一个引渡名额,不是巧合,是必须偿还的孽,还清了才能上路。

黑无常说,看来我和师父也是你安排的。

凤凰说,我不曾安排过什么,世间一切都是业障因果。

白先生说,既然你说我不是好人,那我继续作恶就没心理负担了。

陈雪鸢拉住他,别打了,既然都是业障因果,让我去吧。

白先生说,你知道么,我曾幻想过我们老了以后的情形,我想走在你后面,因为我不想让你独自面对孤独,我又想你活得久一点,比我久,比永恒久,比时间更久。

凤凰说，人终有一死，这是客观规律，你想要什么？

白先生说，我想要她一世平安。

白先生执刀向凤凰刺去，凤凰兴许还是害怕鸩毒，后退半步，变回原形，悬飞在空中，喷射出炙热的火焰，白先生的刀被煅烧成红热状态。

看着满身伤痕的白先生，陈雪鸢泪流不止，哽咽道，我如果还有来世，你会等我么。

白先生说，我会等你，可待到何时，那时的你还是你么，还会记得我么？

陈雪鸢说，是啊，待到何时，待到何时。

此刻，雷声大作，乌云遮蔽了星辰，又开始下雨。闪电从云层中穿出，一副巨大的骷髅鹰架探出云层，发出凄惨的悲鸣。雨水熄灭了凤凰的火焰，以津真天用骨刺插进凤凰的身体。黑无常看到昔日的爱人变成这副模样，心中既难受又恼恨。他拾起刀柄，入内雀截住他，黑无常劈头盖脸向他砸去，对方倒地，他又锤了十几下才收手。

姑获鸟颤抖着拔剑，被青鸢按回去，摇头示意不要动手。黑无常说，我专杀怨灵恶鬼，死在我刀下的地狱使者不计其数，但我不杀女人，别逼我。

青鸢用三生石制造结界，困住姑获鸟，别妄动了，他不愿杀你，我可以杀你。

以津真天啄下自己一截肋骨，黑无常将肋骨接在刀柄，制成刀刃。以津真天衔起黑白无常，放到背上。凤凰接连喷出火球,以津真天振翅发出闪电,凤凰金色的羽毛散落,将地面烫出一个个窟窿,烧焦的彼岸花被染成炭色。凤凰受痛高飞,黑白无常用刀捅破凤凰的腹部,岩浆般的血液喷出,落进忘川河,河水蒸发,岩浆冷却变回黑色岩石。青鸾用屏障将陈雪鸾和姑获鸟罩住:"走出这个屏障,如果沾到凤凰火焰,人鬼都会灰飞烟灭。"

凤凰用爪子抓住以津真天的脊柱,将她摔在地上,以津真天散成一片骸骨,又重新拼凑起来。黑白无常倒在地上,动弹不得。此时此景,陈雪鸾想冲去屏障,被青鸾拉住。黑白无常飞进以津真天体内,以津真天重新长出血肉,张开一黑一白一对羽翼,和凤凰撕咬。身中鸩毒的凤凰召出天火,燧石落下,冒着黑烟。以津真天吐出苍白色雷柱,击碎燧石。碎石变成金色小鸟,形成百鸟朝凤的气势,从四面八方撞向以津真天,以津真天用翅膀扇出飓风将其吹散。鸟群聚在一起,再度攻击以津真天,黑色右翼被击穿。凤凰的鸩毒发作,攻势逐渐衰弱,身上的火焰也逐渐熄灭。以津真天竖起铁片般的羽毛,将白色的左翼插进凤凰的胸腔,又迅速拔出,以免沾到余火。凤凰悲啼,用尽力气吐出了一丝赤焰。

黑无常握住以津真天的手,她的手腕露出一截白骨。黑无常怒视瘫坐在一旁的凤凰。以津真天用残手抚摸黑无常受伤的脸颊,黑无常看着爱人嘴唇翕动,以津真天对望着黑无常的眼睛,短短一瞬,他们读懂了彼此眼中的千言万语。火焰从他们的皮肤下冒出来,两人相拥着自燃了,烈火中起初还能看出人影，渐渐化作灰烬。白先生匍匐过去，伸手去抓，风一吹，什么都没有抓到。

青鸾收起结界，她看起来很疲惫，应该是耗费了太多法力的缘故。陈雪鸢跑上前，搀白先生坐起，看着他的白衣破损，沾满鲜血，撇过头，泪流不止。

白先生对陈雪鸢说："没事了。"

陈雪鸢哭着点点头。

白先生问凤凰："你时间不多了，说吧，怎么才能救她？"

凤凰说："只有阎王才能救她。"

白先生说："你就是阎王，你有能力，为什么不早点救她？"

凤凰说："因为我已救过我爱的人，每任阎王只能使用一次。"

白先生说："你是说你之前还有其他阎王么？"

"为救所爱的人，我杀死了上任阎王，这是成为阎王的唯一方法。之前，以津真天险些成功了。"凤凰气若游丝，"我死后你会接任，你可以选择救你爱的人，但自己永世只能留在冥界，直到被下一任阎王杀死。"

白先生拾起满是缺口的武士刀，打算给凤凰一个痛快。

陈雪鸢说："不要杀她，如果没有你，生活也没有意思。"

白先生说："不是这样的，你见过花簇、珊瑚和星河么。这世界还有太多你没有见过的美好，你应该去慢慢观赏，只可惜我不能陪你一起了。"

白先生持刀走到凤凰面前："杀死上任阎王的时候，你觉得值得么？"

凤凰没回答，闭上眼："动手吧。"

刀刃抹过凤凰的喉咙，金色的流光从切口处溢出，凤凰变成了点点星火，逐渐消散，裹住了白先生。白先生浴火重生，成为戴着王冠的白凤。他再次变回人形，抽刀斩断陈雪鸢的生死簿，刀发出清脆的声响，随即裂成两瓣，如樱花般散落。

死亡镰刀自动飞到他手上，一接触手指，刀身随即被染成白色。

白先生说，青鸢，你想转世为人么，我现在就可以免除你的职务。

青鸢说，我舍不得这里的一切，老黑也不在了，今天我不能承受再失去任何人了。

白先生说，地狱使者青鹭火，继续担任三生石守护者。地狱使者姑获鸟，接替上任降魔者黑无常，获其死亡镰刀。记得，这是对你的惩罚而不是奖赏。走吧，不想再看见你。

白先生走向陈雪鸢，随着他的脚步，彼岸花染成了白色，显得格外冷艳。

白先生说，知道白色和红色彼岸花的区别么？

陈雪鸢说，白色的叫曼珠罗花，红色的叫曼珠沙华。

白先生说，虽然彼岸花象征死亡，曼珠罗花和曼珠沙华却截然不同，一个是新生，一个是堕落。

陈雪鸢拔下一根细发，递给白先生，白先生施法将它做成一把崭新的武士刀。

陈雪鸢说,我会想你的。

白先生说,我在这等你,等到你度过这一生。

白先生说了很多安慰的话,仿佛话说的时间长了,离别就能来得晚一些。两人都意识到未来的生活中不会出现彼此,相拥而泣,不愿分开。

鸟居打开了通往尘世的大门。白先生不忍去看陈雪鸢噙住眼泪的眼睛:"该走了,活人不能在冥界太久。"陈雪鸢不愿放手,白先生深情地拥吻她,她记住了这个吻的所有细节,把这感觉深埋在心里,用一生去回忆。她松开手,转身离开黄泉路。陈雪鸢边挥手,边后退,我会想你的,我爱你。白先生说,无论等到什么时候,我都会在这里你,在人间,请一分一秒都不要虚度。

陈雪鸢穿过鸟居,外面似乎什么都没有变,学生站在她面前叽叽喳喳,两个调皮的男孩似乎要打起来了。老师你怎么哭了?一名细心的学生问道,其余的学生停止喧闹,围过来看她。陈雪鸢抹去眼泪:"没事,风把沙子吹进老师眼睛里了,这座建筑叫鸟居,传说是连接神域和人间的地方。"

一位同学问,老师,世界上真的有鬼神么?

陈雪鸢说,如果你看见一只白色的凤凰,那你就看到鬼神的存在了。

同学说,我妈妈告诉我,这世界上没有凤凰。

11

时间过去了很久,陈雪鸢已离开了东京。清晨的阳光透过酒店落地窗,窗外的鸟啼声清脆悦耳,陈雪鸢睁开惺忪的睡眼:"我梦见你了。你知道么,我学会了潜水,今天和朋友约好了一起下水看珊瑚。"

陈雪鸢伸了个懒腰,"梦里的情节太美好,我还有点不愿起床。我梦见自己老了,白发苍苍躺在病床上,安详地死去。你站在奈何桥头等着我,对我说爱我。"

2019 年 9 月 28 日,于帕森斯设计学院学生公寓

哀矜之时

1

入夜后,东大门设计广场的银灰色外墙透出暖黄色泽,造型酷似宇宙飞船,驶进了璀璨星海。草坪上,白色 LED 玫瑰花灯被点亮,情侣牵手穿行于玫瑰花园间,难怪有人说首尔是恋爱的城市。

弹完最后一个音符,坐在台阶上的观众起身鼓掌。主唱韩小鱼用韩语向观众致谢问好,我听不懂她具体在说什么,根据现场反应来看,大家很喜欢她的歌声。曲终人散,韩小鱼转身走来,笑容没在脸上停留太久,她似乎想起了什么,低着头收拾乐器和麦克风,身边是乐队成员和她的闺蜜吕毓桐。我把吉他放进盒子,韩小鱼留意到吉他箱上用马克笔画的一个"C♡P"图形,我看出了她的好奇,前女友留下的。她笑了笑,把目光挪开。

和前女友分手后,一次聚会上认识了一位新朋友尹智,他津津乐道着正在打造的新媒体网络直播平台,我不太了解这种新生事物,顺口问了几句,他听说我是酒吧歌手,剩啤一仰脖,跑过来搂住我,来做直播吧,我帮你推广。鉴于对网络秀场的刻板印象，我认为那纯属高颜值帅哥美女在博眼球——背后都有经纪公司的包装运营——相比之下，我一个酒吧驻唱歌手没什么竞争优势。尹智跟我解释，我所顾虑的确实是目前存在的一种现象，不过直播平台除了明星网红，也不乏草根出身的流量博主。直播内容和形式新颖多样，音乐、美食、游戏、搞怪，才艺总会找到绽放的地方。

我说，那么多人做直播，我凭什么成功？

尹智说，也不能保证成功，做的内容不一样，属于平行竞争，互不影响。另外，你在酒吧才几个听众，网上潜在的听众基数巨大，试一下吧，梦想还是要有的，万一成功了呢。

在尹智的撺掇下，在家里搞起了直播，一段时间下来，确实攒了不少粉丝，也不乏几个铁粉，其中有个网名为小鱼的，经常出现在直播间，只点唱《倒计时》——这首歌是我失恋后写的，我似乎没法完全忘记她——不时还给我打赏一些小星星荧光棒。得承认，自从加入直播平台，收到的"礼物"加上跟尹智签约所获的基础薪资，的确比酒吧驻唱赚得多。当然，我没放弃酒吧驻唱，以防直播热度一过，两头落空。果然，持续一段时间后，直播遇到瓶颈，打赏明显减少，粉丝上涨慢了，小鱼倒是坚持为我打 call。我并不担心，因为从未将直播当作正式职业，只是额外收入。

尹智约我吃宵夜，我知道他创业不易，初识时觉得他有点浮夸，接触久了觉得还挺仗义的，一直用手上的资源帮我推广。我告诉他签约到期后，底薪就不要支付了，直播我会继续做，无非是忙时播短一点，闲时播长一点。

一堆啤酒瓶，转眼已是深夜，本有点浅醉，晚风一路吹，到家又精神了。忽有了写新歌的冲动，微醺中拨动琴弦，脑海跑来一段轻佻的旋律，就把谱子记下来，用《所谓狗屁梦想》为歌名填了词，弹唱一遍，完全就是迎合市场的神曲。瞬间有点自嘲的意味，换到以前，肯定不会写这样的歌。

在直播间自弹自唱了《所谓狗屁梦想》，意外大火，红遍网络，成了脍炙人口的口水歌。不少综艺和音乐节目找我去当嘉宾，都是让我去唱这首神曲。

尹智的直播平台筹办了一场年度音乐盛典，除了明星，也邀请了我这样的所谓网红。为还人情，我答应下来。尹智希望我唱两首成名曲串烧。彩排过程中，邂逅了小鱼，是个身材纤细的姑娘，身边的人有叫她韩小鱼的，也有直呼她小鱼的。原来她也是一名网络歌手，这次主动提出担任我的合唱嘉宾。休息间隙，我问她，怎么每次只点《倒计时》？她说，歌词很打动我，特别是这几句：倒计时每分每秒／情绪下一刻就要引爆／为何青春充满遗憾和烦恼／承诺在现实面前显得渺小／总输给时间和距离的阻挠／失去之后才明白你多重要……她语气诚恳，如同在梳理一段心绪，能感受到这首歌对她有着别样的意义。我说，有的故事最后都被写进歌里。

正式演出前，我们因排练见了几次面，加了微信。韩小鱼长得漂亮，又懂礼貌，张口闭口叫我老师，搞得我自觉德高望重起来。可她有个缺点，做事有点马虎，总是丢三落四。演出结束后,她依然常来我的直播间点唱《倒计时》,我们偶尔也会在微信上聊几句,谈谈对音乐的看法。我接连炮制了几首神曲,抱着侥幸和曲线救国的心理,希望通过神曲的热度来宣传真正想做的音乐,结果当然是无心插柳柳成荫,有心栽花花不开。一首歌的走红有诸多偶然因素,成功难以复制,口水歌听多了容易产生审美疲劳。我打算索性放个假,调整一下心情。刚好收到韩小鱼的微信,邀请我去韩国首尔路演,便同意了。

2

捯饬得差不多,韩小鱼邀我跟乐队一起吃晚饭。我在首尔人生地不熟,就答应了。鼓手因为要和女朋友约会,准备开车先走。我们把东西放上后备箱,韩小鱼说附近有两家不错的食肆,一家烤肉店,一家猪肘店,问我想吃哪家。我表示随意,吕毓桐推荐去吃猪肘,说很久没吃了,怀念那个味道。

路口右转,走进一条不知名小巷。韩小鱼指着白色店招,到了,就是这家,满足五香猪蹄。走近些,一个年轻小伙子冲我们打招呼:"安宁哈撒哟。"发觉是中国人,马上改口用中文:"楼下没位置了,楼上可不可以?"我猜他是利用课余打工的中国留学生,同时留意到收银台贴着支付宝和微信二维码,这说明韩国吸引了越来越多的中国游客,电子支付也变得更为普及——而我并不热衷于科技带来的快捷感,它导致另一些事物正无可挽回地消逝。

二楼装修简单,墙上贴着韩国明星代言的啤酒广告,是最近正火的 IU 和宋仲基,韩国娱乐圈常用"大势"来形容当红明星。

加上键盘手,四个人点了五香香辣猪蹄双拼。吕毓桐告诉我,和国内韩餐店不同,这里的餐厅只提供一款主打菜,每家都有特色。另外,大部分韩餐店不提供一人份,起订就是两人套餐。

服务员端上几叠韩式前菜:泡菜、腌萝卜、酿蒜瓣、拌大葱。点燃便携卡式炉,放上一锅饺子年糕汤,汤底一清二白,撒着葱花:"这是本店赠送的年糕汤,请享用。"他呈上双拼猪蹄并附上一盘生菜,猪蹄表面被辣酱及酱油腌制得油亮,肉香扑鼻。韩小鱼让我先动筷,我说大家一起吧。举起具有韩餐特点的细长银色铁筷,夹起一片猪蹄,裹进生菜叶,蔬菜鲜甜爽脆,肉质香嫩软糯,味蕾一下子被激活了。

吕毓桐说,还是当初的味道,小鱼,你再尝尝这个辣的。

韩小鱼撷了一筷,我们来首尔毕业旅行的时候,第一家吃的就是这个。

韩小鱼注视着吕毓桐,恍惚间,她的眼神似乎想召唤什么,转头问我,老师,知道为什么我请你参加这次路演么?

你在微信里说了,想圆青春的梦。

微信篇幅有限,不是故事的全部。

3

韩小鱼和吕毓桐是音乐学院的同学,一个读声乐,一个学钢琴。因兴趣爱好相同,加上又是室友,自然而然成为闺蜜。大二学校报道的时候,寝室加入了一名来自首尔的交换生,她长相甜美,和韩剧里常见的女生那样,亚麻色长发扎成丸子头,白背心和浅粉 V 领落肩针织衫,脖子上戴着精美小巧的玫瑰金项链,皮肤格外显白。

她主动打招呼:"安宁哈撒哟,你们好,我中文名叫崔梦然,是音乐表演系的交换生。"

韩小鱼和吕毓桐见她瘦瘦小小的,便帮她一块儿收拾床铺,韩小鱼悄悄向她打预防针:"寝室原来住四个人,还有一个室友这学期病休没来。提醒你一下,毓桐有点小洁癖,平时不要动她东西。"

吕毓桐说:"宿舍晚上十一点半熄灯,一会儿带你去公共卫生间和水房。"

崔梦然说话在中韩语之间切换:"康桑米达,谢谢。"

韩小鱼说:"你是韩国哪里人?"

崔梦然说:"我从首尔来。"

吕毓桐说:"中文说得挺好的。"

崔梦然说:"之前学过一点点,历史上,韩国语受古汉字影响很大,有三成是汉字,相比学习其他外语,学中文的难度要低一点。"

吕毓桐说:"我听说古代朝鲜,只有达官显贵才有资格学汉字,加上发音语法不同,导致汉字不容易在韩国普及。"

崔梦然说:"是世宗国王命学者创制了今天的韩国语,也称训民正音。"

韩小鱼说:"待会儿收拾完了,一起吃晚饭吧,学校有四个食堂。"

崔梦然说:"好啊。"

吕毓桐说:"今天就别吃食堂了,到外面吃吧。"

韩小鱼说:"喜欢吃什么?"

崔梦然说:"我喜欢吃辣,平时喜欢吃辣白菜辣年糕。"

吕毓桐说:"那不如去吃火锅。"

崔梦然点点头,韩小鱼说:"吃完刚好去超市买洗洁精和餐巾纸。"

三人兴趣合拍,就此结下了友谊。情窦初开的年纪,韩小鱼与同班的肖影在一起了,吕毓桐则找了作曲系的秦昭霖。崔梦然虽不乏追求者,却以不想异国恋为由一一婉拒。宁愿当电灯泡,和两位室友及她们的男朋友周末一起逛街吃饭。

学期结束,崔梦然多备了一个行李箱,将东西一件件塞入,发觉还是不够。这件衣服是吕毓桐帮她挑的,那个兔子公仔是韩小鱼从抓娃娃机里夹出来送她的。空荡荡的房间,感觉自己从没来过似的,拖着行李箱走在校园,路过练声房、舞蹈室、钢琴间……曾经在这里唱歌跳舞,弹琴上课,美好的回忆转瞬即逝,刚适应就要离开了。

韩小鱼他们等在餐厅里,为崔梦然饯行,问起毕业后的理想,韩小鱼和崔梦然表示想成为歌手,吕毓桐想当钢琴家。

崔梦然说:"在韩国当歌手艺人很难,很多人从小就接受严格的训练。相比之下,尽管自己是科班出身,年纪上已经吃亏了。"

吕毓桐拿出一个水晶球音乐盒:"我们写了首歌给你,叫《水晶球》。这是我们四个人去手工坊亲手做的,我把音源发到你手机,小鱼和肖影演唱,我钢琴伴奏,昭霖作的曲。"

崔梦然拆开包装盒,水晶球里飘落着雪花,五个卡通小人坐在音乐教室里,有的弹吉他,有的弹钢琴,象征崔梦然的小人偶站在中央,拿着麦克风歌唱。崔梦然转动发条,抒情的旋律响起,韩小鱼起唱,一桌人都唱起来,三个女生眼眶湿润,哭成一团。

"以后来首尔找你玩。"

"一定,一定。"

两年后,韩小鱼在一档选秀节目上看到崔梦然,她更漂亮了,舞台上整个人在发亮,可说光彩照人。虽然最终没获得名次成团出道,不俗表现还是被人们所知,算是小有名气的 Solo 女歌手了。

此时,面临本科毕业,韩小鱼准备去韩国读研继续深造。因此事,她和男朋友肖影有点不开心。收到录取通知书的那一刻,两人欢呼着相拥在一起。没过几分钟,肖影的脸色黯淡下来,韩小鱼的眼眶跟着红了。肖影提议陪她去首尔考察,韩小鱼又约上了吕毓桐,当然,也少不了秦昭霖。这次旅行,对韩小鱼而言,一方面算庆祝毕业,另一方面也是提前适应留学环境。崔梦然得知闺蜜来韩,刚好手头没什么通告,就向经纪公司请了假尽地主之谊,他们的第一餐就是这家满足五香猪蹄店。

4

正聊着,韩小鱼接到一个电话,要赶回酒店处理接下来的日程。我提出明天午饭由我来请,虽然之前韩小鱼说承担此行全部费用,可我不好意思总让女生请客。回到酒店,在网上搜到一家名为"土俗村参鸡汤"的饭店,口碑不错,便跟他们约了在那儿见面。

次日晌午,乘地铁3号线至景福宫站,出站直走左转,便看到了"土俗村参鸡汤"店招,食客在褐瓦杏墙木梁的传统韩屋前排队。这家店人气很高,内部庭院有点类似北京四合院,花卉绿植,四周围绕古朴的牌匾字画,镂空木门隔成一个个房间,伫在青石板上的罐子酿着醇香的人参酒。用餐席大多是坐地式,韩小鱼和吕毓桐并排盘腿,我在她们对面坐下来。韩小鱼从泡菜坛盛出小菜,放在离我稍近的位置。一会儿,店员端上参鸡汤和海鲜葱饼，女生饭量小，共享一份，热气还在石锅内温腾，葱花、松仁、葵花籽铺洒在鸡汤表面，鸡肉经过长时间熬制，变得软嫩，嘬一口，里面还有糯米，米粒吸收了汤汁，沾上一点黑胡椒和盐巴，舌尖弥漫着不散的鲜美。

你们的首尔旅行后来怎么样了？

韩小鱼抿了口冰水，对哦，昨天没讲完，讲到哪儿了？

崔梦然带你们去吃满足五香猪蹄。

韩小鱼偷笑，没想到老师还挺八卦的，那我接着昨天往下说。

……从满足五香猪蹄店出来，五个人按原计划来到韩服租赁店，店铺藏在小巷三楼。推开门，店员小姐给每人发一把钥匙，以便放包包换外套。店员介绍不同价位的韩服款式，三件套韩服上身分短衣和外套，下半身女式为蓬蓬的长裙，男式为宽松的灯笼裤。价格便宜的色彩清淡，稍贵的华丽大方，也刺有更多绣花图案。店员先为三位女生推荐搭配："裙子鲜艳一些，拍照好看，上衣颜色挑文静一些的。"

韩小鱼看得眼花缭乱："每件都好看，肖影你过来帮我选一下。"

肖影选了一条雾矖蓝的裙子："我觉得这条适合你。"

韩小鱼说："不错，上衣配什么？"

吕毓桐说："你看，人家肖影挑的多好看，你学学。"

秦昭霖说："这大红色多贵气。"

吕毓桐说："还贵气呢，你确定穿这套？想当皇帝？"

秦昭霖说："我当皇帝，你就是皇后，要是多绣一条金龙就更好了。"

吕毓桐说："我前面真看到一套龙袍，你要不试穿一下。"

崔梦然朝吕毓桐作揖："给皇后娘娘请安。"

大家早就习惯吕毓桐和男朋友打情骂俏的方式，纷纷朝吕毓桐作揖。

吕毓桐也不会善罢甘休，反过来上演对方曾出糗的戏码，很快演化成彼此间的模仿秀。

闹完继续试装，三位女生分别穿着靛蓝、嫣红、黛紫的裙子走出试衣间，店员帮女生编发，佩戴发饰，推荐小拎包。看着镜中的女朋友，两位男生眼神古怪，互扮鬼脸。

韩小鱼说："你们不要盯着我啦，怪不好意思的。"

吕毓桐说："昭霖，你眼睛怎么直了，没见过美女么？"

租赁店不远就是景福宫，景福宫原版毁于日据时期，现在这个是韩国光复50周年之际重建的。理论上，建筑一旦被毁，再建哪怕外观一模一样，也总是赝品了，当然赝品保存的时间只要足够长，比如三百年乃至八百年，就又变成了真古迹。为宣扬韩国文化，凡穿韩服入园一概不收门票。几个扮演成古代卫兵的工作人员在光化门前站岗，走进宫内，脚下延伸出花岗岩薄石铺成的宽阔平地。月台中央，是冠以两层重檐的正殿勤政殿，青龙白虎朱雀玄武……，十二尊石雕静默于栏杆。铅灰的石墙，朱红的立柱，悠长的回廊，景深处的树荫，女生在风景前摆pose，互拍完又来拉男朋友合影。

韩小鱼说："梦然，看到你在选秀节目里表现特别好，你离梦想又近了一步。"

崔梦然说："一言难尽，有些心里话想跟你和毓桐说。"

吕毓桐听了，朝秦昭霖、肖影摆摆手："姐妹私房话，不要偷听。"

崔梦然说："练习生特别辛苦，从早到晚除了唱歌跳舞，还有形体艺能。饮食也有严格规定，不允许玩手机谈恋爱。加上定期考核，有时一天只能睡三五个小时，压力特别大。"

韩小鱼说："能坚持下来真不容易，以后会走花路的。"

崔梦然说："我算幸运，两年就出道了，很多人中途被淘汰了。"

吕毓桐说："这么累，有没有想过放弃呢？"

崔梦然说："有时会吧，但跟经纪公司签了合同，毁约金很高的。想想也是为了梦想，咬咬牙忍了，而且有些事你们也不知道……"

吕毓桐说："不会是潜规则吧，我看电影里这种事很多，说经纪公司跟政府、财阀都有交易。"

崔梦然顾左右而言他："没事，我很好，只是辛苦一点，不用担心。"

"平时要照顾好自己。"韩小鱼安慰道，"等我到首尔读研，我们要经常聚一聚。"

5

韩小鱼拿起手机,翻出当时的合照给我看——崔梦然在中间,男生一左一右站在女朋友身后。她夹起一块海鲜葱饼,沾了辣酱,有点走神,梦然吃东西总爱沾辣酱,你看她笑得多开心,这么快乐的姑娘怎么会自杀呢。

……开始走红的崔梦然通告一个连一个,总是忙里偷闲,约韩小鱼逛街喝下午茶。韩小鱼得知崔梦然患抑郁症,是因为有一次约好见面却久等不来,起初还能打通电话,崔梦然不接,再打就是忙音。韩小鱼踌躇了一下还是报了警,警方在江南的住所找到了昏迷的崔梦然,床边是两罐安眠药空瓶——精神科医生说,抑郁不是一种情绪,是深渊,是黑洞,将喜怒哀乐悉数吞噬、撕裂、摧毁。一切消解失去意义,日子变成暗无天日的轮回诅咒,直到产生幻觉,意识不再受自我掌控,无所眷恋地直面死亡。

洗胃后崔梦然醒来,依靠药物治疗控制了病情,休养期间韩小鱼一有空就去陪她,她嗔怪道,作为好朋友,有什么不开心为什么憋在心里呢,痛苦淤积在心里就像溺水,人会慢慢沉下去。

你说得很形象,崔梦然说,慢慢沉下去淹死的感觉。

有什么不开心,说出来,哪怕大声呼喊几声。

以后再说吧,我榨了果汁在厨房,拿过来一起喝吧。

两个月后,崔梦然复出,相比之前,人气似乎更高了,或者说,关注度更高了。关注度不一定是正面的,也可以是负面的,网上针对她患病的恶评和揣测铺天盖地,导致她再度崩溃,这一次,吞下更多安眠药的她没再醒来。

崔梦然自杀前不久,从小把韩小鱼带大的外婆因病去世,还没走出悲伤的她再度被悲伤击中。回望与崔梦然相处的点点滴滴,韩小鱼对好友的死无法释怀,她究竟死于什么?巨大的进取心导致的工作压力,不规律的生活作息导致的失眠,还是网上那些龌龊的评论?是不是真的遇到了性交易?关于这个问题,她曾不止一次产生过闪念,怕刺激到崔梦然,每次话到嘴边又咽了下去。而今,或许永远都没有答案了。

她想起在飞来韩国的航班上,航空杂志里有一篇关于隐私的文章,这个由美国律师 Samuel Warren 和 Louis Brandeis 在 1890 年《哈佛法学评论》上首次提出的人伦概念,如今正处于崩溃之中,个人信息在网上暴露,私人生活被摄像头监控,我们甚至来不及真正拥有隐私,就永远失去了它。如果隐私是可以被保护的,崔梦然或许就不会自杀,可崔梦然究竟是死于人言,还是死于自我怀疑,死者已不会说话。

韩小鱼喃喃自语哭诉,花了这么多时间陪你,说了那么多话安慰你,可你还是选择了离开。她泪眼蒙眬,看见崔梦然乘着一只白凤凰飞来,白凤凰化为人形,凝视着崔梦然,似有千言万语,却沉默不言。

崔梦然说，欧尼，不用为我难过，我解脱了，你也要幸福下去。

说完，散落成一笼羽毛，随风飘散。

韩小鱼试图拥抱她，怀里是一片虚空。

韩小鱼恳求白凤凰，求你把她变回来吧。

白凤凰摇摇头，人死不能复生。

看着漫天飞扬的羽毛，韩小鱼说，人生是没有意义的，不过是在痛苦中找寻快乐，在选择中面对取舍，在回忆中祈求遗忘。这几年，为了所谓的梦想，我出国深造，牺牲了陪伴家人的时光，外婆临终，也没有机会照顾她。因为长期异地恋，和男朋友也分手了。现在，首尔最好的朋友也不在了，如果我不记得这一切，就不会像现在这么痛苦。

白凤凰说，如果你愿意，我可以让你忘记这一切。

真的么？你确定可以让我忘记痛苦。

如果你确定要遗忘，可以将你的回忆倒拨回去。

崔梦然的笑容、外婆的叮咛和前男友的温暖一下子涌来，韩小鱼突然有点舍不得，旋即，崔梦然的死状、外婆的弥留和前男友的淡漠又攥紧了她，令她痛不欲生。

她犹豫着下定了决心，我确定。

从那天起，26 岁的韩小鱼的记忆每天倒退一天，失忆的她不适应独自在海外生活，选择了回国。家人带她去医院，却查不出病因。医生说，这是一种罕见的健忘症，可能精神受创所致，国际上也有类似病例，美国伊利诺伊州一名 16 岁女孩因头部被撞，记忆永远停留在 6 月 11 日，也就是受伤那天，且每隔两小时记忆就会被重置。

等到 28 岁，韩小鱼的记忆已回到了 24 岁大学刚毕业的时候，她靠日记回溯生活。她找到一份只须一副好嗓子的工作——在直播平台上唱歌。

一切似乎踏上了正轨，家人朋友起初感到苦恼，后来发现她比以前快乐，遗忘过滤掉悲伤和不快，剩下当然只有快乐，可惜快乐也很短暂，因为也会很快被覆盖掉。

韩小鱼的失忆症在 2019 年 10 月 14 日不治而愈，一则新闻——年仅 25 岁的韩国女歌手崔雪莉上吊身亡——令她记忆突然惊蛰，起初是一些零星片段，就像消融的溪水汇成湖泊，记忆开始流动。六周后，又一则噩耗从韩国传来——一名女佣发现了具荷拉的尸体，警方验证也是自杀。具荷拉、崔雪莉同为歌手，私下也是好友。连续两位歌手自绝于尘世，再次印证了韩国娱乐圈的魔咒。十年来，包括崔梦然在内，40 多名艺人相继自杀，韩小鱼的记忆从白凤凰的咒语中挣脱出来，她想起了法国小说家加缪的一句话：唯一的哲学问题就是自杀。

她恢复了记忆，重新有了思考，思考是痛苦的，人一旦失去记忆，也就失去了思考，至少思考的程度不会很深。小时候，死亡这个名词离自己很远。随着年龄增长，身边的人逐渐故去，一次次见证死亡，死亡变得具象，不再是一个概念。韩小鱼上网查崔雪莉、具荷拉的生平，听她们生前唱的歌，音乐列表随机播放，无意间，听到了《倒计时》这首歌，陌生的唱作人,类似民谣的旋律,歌词朴实,触摸到她内心柔软的部分,她重听一遍,想起了崔梦然的笑容,眼泪流了下来。

她给吕毓桐打电话,说记起来的东西越来越多,只是在首尔学习生活时的画面还有些模糊。她想故地重游,顺便做一次路演,唱崔梦然的歌,当作是对她的一场缅怀。吕毓桐说,你的决定我都支持。

挂断电话,韩小鱼搜到了《倒计时》的作者,发现他在同一家平台直播,她常去打call,每次只点《倒计时》,送出一些小星星荧光棒。后来,两人因为在音乐盛典上合作相识,韩小鱼邀请他当自己的路演嘉宾。

6

从景福宫出来,沿三清洞步行,前面是北村韩屋村。传统画廊、手工作坊坐落在古色古香的小巷中,攀满藤蔓植物的古墙上,屋檐遮蔽了阳光,投下一块阴影,一只纳凉的小猫咪慵懒地舔着爪子。首尔夏天很热,仍有不少爱美的女生穿着厚重的韩服蹀躞其间,一辆响着喇叭的轿车突兀闯入,撞碎了这片静谧。

韩小鱼触景生情,我想起来了,我们来过这里。

吕毓桐说,讲来也奇怪,前段时间你说要准备毕业旅行,还问我办签证的事情。

韩小鱼说，是啊，已经在首尔了，而且是第二次，有种恍如隔世的感觉。

吕毓桐说，我当时听了，其实蛮难过的。

韩小鱼说，那时候大家都还在。

我说，有时候，不记得也挺好的。

韩小鱼说，或许是吧，就像一句歌词，遗忘不是诅咒，是天赐的礼物。

旁边出现一家叫"小赤豆"的甜品店，我给每人买了一份红豆冰沙，站在街边吃。接近傍晚，太阳尚无落山的意思。韩小鱼说，走吧，去南山塔看黄昏。

排队乘缆车上山，树木在云下织成绿毯。抵达半山腰，森林将远处的城市卷成一轴。继续沿着山路往上，有一家卖同心锁的纪念品店，不用猜，两侧栏杆上五颜六色的同心锁均源于此。越往上走，同心锁数量越多。楼台的爱情墙被挂得满满当当，锁上用不同的语言和符号写着情侣的名字。韩小鱼和吕毓桐去找当年留在这里的同心锁，不知是被新锁覆盖了，还是被清理掉了，总之没有找到。她们有点失落，是不是同心锁遗失了，爱情也就不见了。

……韩小鱼说，肖影，快一点，怎么比我一个女生都慢。

肖影说，人多，不好走。

韩小鱼说，牵着我，不要走丢了。走丢了，你不会韩语，就找不到我了。你说，我们在同心锁上写些什么好呢？

肖影说，就写韩小鱼、肖影永远在一起吧。

没什么新意。

那你想一个。

韩小鱼握紧肖影的手,写携手同行吧,当初你告白时对我说的话。

肖影拉着韩小鱼的手,坐到爱情椅上,椅子的中央弯成 U 形,这个爱心造型,可以让情侣自然而然地往中间靠在一起。

梦然,麻烦帮我们拍个照。

好的,别不好意思,亲昵一点,比个爱心的手势。

秦昭霖还在纠结在同心锁上写什么,好肉麻,我就画一头狮子一头母老虎。

吕毓桐说,谁是母老虎?

秦昭霖说,这不是很明显嘛?你这么凶。

吕毓桐去拧秦昭霖,皮痒了不是。

秦昭霖搂住吕毓桐,谄媚地坏笑,我需要有人管我。

吕毓桐推了他一下,谁要管你。

检票入塔,穿过 OLED 媒体艺术隧道,LG 显示屏上转换着丹青彩绘和流星烟火,游客可以通过光的渲染全方位领略首尔的春夏秋冬。韩小鱼站在灯影中央,斑驳的光投射在白连衣裙上,有了年轮般的褶皱。在工作人员的指引下,一行人来到绿幕前拍照,工作人员说如果喜欢留影,可以去展望台购买照片。

秦昭霖露出拍照专用的假笑,走过来的时候就看到样照了,在游客背后 P 个夜景上去,可假了。

吕毓桐说，我不管，我要买一张留作纪念。

秦昭霖说，一看就是宰游客的，明知道上当还买。

吕毓桐说，有本事你用韩语说，说大声点。

秦昭霖说，我不会韩语，不然早说了。

崔梦然说，别吵啦，快看镜头。

搭乘电梯，顶部搭配了动画显示屏，音乐轰炸出火箭发射的震撼力，随着电梯升高，画面从南山塔底飞向外太空。电梯速度很快，气压的变化让人耳膜刺痛。

透过明亮的落地玻璃窗鸟瞰，首尔城外四处环山，市内汉江相隔。山头和江面，一抹好看的渐变色金芒，是晚霞的升起。玻璃上标有不同城市的距离。肖影指着贴有英文北京字样的窗户说："找到了，北京，951.92公里。"

韩小鱼说，以后朝这个方向，我就可以看到你们啦。

肖影侧过身，仰头吸了口气，幅度很小，还是被韩小鱼发觉了，怎么了？

肖影说，没事。

韩小鱼说，我也不想和你分开。

肖影说，我知道留学是你的梦想，机会来之不易。

韩小鱼眼眶红了，我以为我们都有心理准备了。

吕毓桐几人识趣地走到一旁去了。

肖影说，离告别越来越近了，我准备好了，一人份的餐食，以前常坐的公交巴士，你不会出现在熟悉的位置。

韩小鱼说，毕业搬出宿舍那天收拾行李，第一次约会穿的高跟鞋,什刹海溜冰你送的盲盒娃娃,情人节一起拼的乐高玩具……

肖影说,其实两年很快的,等你回来。

韩小鱼说,希望我们互相成就,想我的时候,我们可以视频通话。

肖影说,可惜视频通话,只能看到你,无法拥抱你。

夜幕降临,华灯初上。淡蓝和橘黄的霓虹交相辉映,肖影搂着韩小鱼,彼此的心事藏匿于街道背后的幽深群山。

这才想起几个同伴走开了,两人循路去找。从一家纪念品店穿过去,韩小鱼被琳琅满目的小玩意儿吸引住了,迷你南山塔雕像、韩服小人手机壳、猪兔子公仔、生日熊钥匙扣……她看中了一张明信片,这张首尔照得好好看,我要写几句话寄给你,你回到北京刚好收到。

写什么呢? 神秘兮兮的。

不告诉你,否则就不灵了。

那我也写一张,你把学校宿舍的地址告诉我。

不是发给过你,没保存?

截图保存了,这两天照片太多,不好找。

你等等,我也得翻一下。

肖影发觉韩小鱼一直在偷瞄兔子公仔,这兔子挺可爱的,买下来送给你吧。

不用啦,太贵了。

喜欢就买了。

嘻嘻，那好吧。

……吕毓桐从包里取出明信片，递给韩小鱼，当时你不记得了，所以我替你保管起来。

看着熟悉的字迹，思绪涌入韩小鱼脑中，她神情黯然，一定又记起了什么。我似乎理解了她放弃记忆的原因，我当初失恋，也曾借酒消愁，也曾想过遗忘，时间让人学会与伤痛共存，或许这就是成熟的过程。后来我写歌，已经愈合的伤口又被撕开。失忆者是值得羡慕的，遗忘本身就是意义。

我说，难过就不要再看了。

韩小鱼说，不，我想记起更多，我想他了。

我说，如果想他，就再寄一张明信片给他。

韩小鱼说，失忆以后再没联系了，对我来说，大学那会儿还是昨天的事，对他来说过去了很久，可能已忘了我了。

我说，别想太多了，人因为顾虑才胆怯。

韩小鱼点点头，买了一张明信片，拿起笔开始书写。

忽然她抬起头，算了，不写了，寄的地址都没了。

7

路演旅程临近尾声，韩小鱼的记忆恢复加速，就像涓涓溪水淌向湖泊，能想起来的事情越来越多。

她问吕毓桐，上次毕业旅行，我们好像还去了崔梦然的母校？

吕毓桐说，是的，梨花女子大学音乐学院。

韩小鱼说，梨花女子大学，我想再去一次。

我说，只有明天了，后天就回国了。

韩小鱼说，老师，我想明天在梨大再举办一次路演。

我说，我没问题，麻烦乐队抓紧准备吧。

韩小鱼说，我还记得，那天梦然带我们参观校园时穿的衣服。

……崔梦然身穿 oversize 的白色纪念 T 恤，T 恤上绣着梨花图案，下装采用消失风格，显得腿很长，特别青春洋溢。她走在最前面，给大家介绍梨花女子大学。

这是美国传教士斯克兰顿创立的韩国第一所女子学校，原名梨花学堂，主建筑以前是基督教教堂，现在还保留着十字架。走下平缓的斜坡，是很现代的复合建筑 ECC，左右两侧是建筑主体，阶梯下有通道贯穿两翼。茶色玻璃延伸至另一端斜坡，看上去高耸于地面，其实深达地下六层：自习室、展览厅、食堂、书店、眼镜店……明亮通透、一应俱全。

两名男生没吃早饭，到食堂边的面包店买了面包垫饥。

吕毓桐说，少吃点，马上吃饭了。

秦昭霖说，你不知道我胃口？一个面包而已，我还能吃两大盘韩式烤肉。

吕毓桐说，你是猪吧。

肖影说，你们可得让我们吃饱，不然下午逛街，谁帮你们拎袋子。

崔梦然说,要不我帮你们去买杯子鸡,淋着美乃滋,特好吃。

韩小鱼说,别听他俩瞎说,嘴大喉咙小,昨天的芝士铁板鸡最后还是我解决的,我都胖了。

吕毓桐说,再说,给女朋友拎袋子难道不是天经地义。

秦昭霖说,什么天经地义,你别教坏小朋友。

吕毓桐说,本来想帮你买一件衣服的,现在没有了。

肖影说,羊毛出在羊身上。

吕毓桐说,小鱼,管管你家肖影,他们两个学会联手了。

崔梦然说,我们姐妹有三个,不怕,不给你们吃杯子鸡了。

韩小鱼说,你还学得挺快,来,姐姐们罩着你。

不知不觉逛到梨大旁的商圈,服装店、首饰店、小吃店、化妆品店鳞次栉比。有的采用大面积糖果粉,有的走小清新极简 ins 风。因为目标受众为女大学生,商品价格普遍不贵。三个女生有说有笑,似乎忘记了两个男生的存在。

她们手勾手,走进一家店面,互相询问衣服款式适不适合自己,口红眼影的颜色好不好看。两个男生跟在后面,讨论最新的游戏动漫,聊得比女生还起劲。女生偶尔问一下对衣饰的意见,他们统一口径:"好看,好看。"惹得女生喊一声,装作生气转过头去。

片刻又高兴起来,她们发现了一台自助摄影机,门帘后叽叽喳喳,她们在讨论滤镜和表情管理:"我眼睛闭起来了。""再来一张。""梦然,你脸小,靠前一点。"两个男生刚在 Line Friend 咖啡馆坐下,被她们拉进去当了道具,刚脱身,三个女生又跑到布朗熊和可妮兔公仔前面去拍照了。

户外传来的韩流音乐,崔梦然说,这歌好耳熟。

韩小鱼说,是大华刘宪华的歌,韩剧《当你沉睡时》插曲。

肖影说,唱得不错。

吕毓桐说,换歌了,这首也我听过,BTS 的《Boy with Luv》。说着,跟唱了几句。

秦昭霖说,这么热闹,我们过去瞧瞧。

是个露天舞台,穿着韩式高中校服的四男三女又唱又跳,看起来像来自某个校园社团。一首歌下来,观众热烈鼓掌。表演者抵不过酷暑,脱下外套。忽然有人惊叹:"这不是崔梦然么。"人们扭头去看,崔梦然含羞而笑。校园领唱朝 DJ 示意,很快响起了崔梦然成名曲的伴奏。人群开始起哄。崔梦然盛情难却,拿过麦克风开始演唱。那一刻,她一点也不像平时那个略带腼腆的女孩,她在舞台上闪闪发光,控制了整个现场。韩小鱼和同伴们看呆了,崔梦然娇小的身体有那么大能量,有一种调动观众情绪的激情,她天生是属于舞台的歌手。

"康桑密达,撒浪嘿。"唱完,崔梦然对观众鞠躬致谢。

观众发出欢呼,要求再来一首。崔梦然把同伴们请上来,告诉大家,他们都是音乐高材生,可以一起参与表演。同伴们被赶鸭子上架,有点尴尬也有点兴奋,韩小鱼对她耳语:"唱什么呀?"

崔梦然说："就唱那年帮我饯行时,那首录在音乐盒里的歌吧。"

韩小鱼说："《水晶球》,那是一首中文歌。"

崔梦然说："没关系,音乐没有国界。"

……时间回到此刻,韩小鱼在路演时重唱此曲,唱到一半,她哽咽了,勉强唱出最后几句就跑回后台。回忆越美好,失去就越难以割舍。未完成的梦,最后总会伴随遗憾定格,吕毓桐低声安慰她。我起身,抱起吉他去救场。

起首两句清唱后,弹拨起《倒计时》的和弦:

　　　　我们之间的对话越来越少
　　　　连室内的空气都显得喧闹
　　　　用沉默刻意回避悲伤发酵
　　　　脑海中理智与情感在争吵
　　　　我们都害怕无法携手到老
　　　　却真心祝福对方值得更好

　　　　床上的枕头和玩偶都配套
　　　　你的发香似乎还没有散掉
　　　　淡淡唇印残留在咖啡杯脚
　　　　这房间里到处是你的记号
　　　　我不敢重温曾走过的街道
　　　　那里还听得到我们的欢笑

倒计时一分一秒
相遇这天终于快来到
我四处张望着机场的走道
转身你迎面向我一路小跑
热泪盈眶跌进了我的怀抱
这一刻你的温柔我要记牢

倒计时每分每秒
情绪下一刻就要引爆
为何青春充满遗憾和烦恼
承诺在现实面前显得渺小
总输给时间和距离的阻挠
失去之后才明白你多重要

8

不知不觉,旅程即将画上句点。我们约好在大堂碰头,韩小鱼昨天可能累了,起晚了一些,她眼睛有点肿,一夜之间,仿佛成熟了不少。第一次见她时,脸上还留有大学生的稚气。现在,她自我怜悯的神情中露出了一丝坚定。她的记忆可能全部恢复了,所有的溪水都汇入了湖泊之中。我不确定这对她是好事,还是坏事。

"老师早,睡得好么?"

"还可以,你呢?"

"失眠了,一晚上都在想以前的事。原来故事的最后真的只能被写进歌里,就像水晶球,就像倒计时。"

"全记起来了? 有时候,我也宁愿听不懂歌词背后的故事。"

"嗯。对了,午饭去吃安东炖鸡,楼下明洞就有一家,毕业旅行最后一餐也吃的这个。不过当时是晚饭,然后第二天的飞机。"

"有始有终,人生需要一些仪式感。"

将行李寄存于乐天酒店,穿过地下广场的乐天免税店,明洞内各式各样的店铺混杂在各式各样的韩流音乐里。熙熙攘攘中险些错了店招,倒是吕毓桐眼尖,看到了繁体字"安东",后两个韩文能猜到是炖鸡的意思。店员安排我们坐下,递上菜单。

……崔梦然说,我要一份中辣的炖鸡。

韩小鱼说,你真是到哪儿都要吃辣。

吕毓桐说,还有重辣,变态辣,梦然不试一下?

崔梦然说,他们家中辣就蛮辣了,特别下饭。

韩小鱼说,再点一份微辣的,肖影他们吃不了辣。

肖影说,看照片分量蛮大,先来两份大家分一下。

秦昭霖说,这几天不是在吃,就是在吃的路上,感觉食物顶在喉咙口了,我还想留点胃给街边小吃。

崔梦然说,我要吃辣年糕。

韩小鱼说,你要保护好嗓子,不能吃那么辣。

崔梦然说,平时没得吃,难得你们来,抓紧时机报复社会。

两盘热腾腾的炖鸡端上来,鲜辣入味的鸡肉和土豆萝卜香菇洋葱搭配在一起,店员递上了剪刀,方便剪断宽粉。肖影要了一打烧酒,大家明白他为什么突然点酒,秦昭霖率先举起酒杯,兄弟,我陪你喝,走一个。

吕毓桐说,别光你们两个男的喝,大家一起嗨。

崔梦然说,来,算我一个。

韩小鱼说,来,我们预祝梦然以后只走花路。

肖影说,恭喜你考上心仪的学校,祝你研究生生涯顺利。

崔梦然说,这边喝酒有个常玩的游戏,叫记名字抢数字。规则很简单,每人临时给自己取个昵称,比如我叫辣年糕,然后同时开始报数,如果两个人报出同一个数,就要喊出对方的昵称,喊得慢的人罚一杯。

韩小鱼说,懂了,我叫部队锅。

肖影说,我叫拌冷面。

秦昭霖说,你们取得太简单了,一下就记住了,我叫牛肉石锅拌饭配大酱汤。

吕毓桐说,你这是点菜么,那我叫超级无敌炸鸡啤酒。

崔梦然,开始吧。

韩小鱼说,一。

吕毓桐和秦昭霖同时喊,二。

吕毓桐说，你叫那个……那个什么拌饭来着。

秦昭霖说，超级无敌炸鸡啤酒。我赢了。

肖影说，喝一杯。

崔梦然说，大家都会了吧，再来一轮，这次换韩国的旅游景点。

玩了几轮，酒量不错的肖影迷迷糊糊睡去，韩小鱼将外套盖在肖影身上，眼角湿了。其他人感受到了什么，敛起了笑容。

吕毓桐说，以后见到你的机会就少了。

韩小鱼说，两年很快的。

秦昭霖说，毕业了就回国吧，别让肖影等太久了。

韩小鱼说，我知道，我会想你们的。

吕毓桐说，在国外照顾好自己。

崔梦然说，我有时间就找小鱼欧尼玩，不会让她太孤单的。

……韩小鱼几乎没动过筷子，曾坐在这张餐桌旁喝酒聊天玩抢数字游戏的人，有的变成了熟悉的陌生人，有的已永远缺席。我想到了我的前女友，想到了之前旅行时听说的其他故事，那一刻，知道了什么叫时过境迁——有人失手杀死爱人，有人追不上父亲的弥留，有人在意外中受伤分手……印象最深刻的是，和前女友在前往伦敦的火车上，听一个男孩讲述他心爱的女孩跑马拉松猝死。返程途中，又听说一个地狱使者与人相恋却爱而不得的怪谈。每当我被身边的人或事打动,就会写一首歌。现实中的休止符,可以在哀矜之时以音乐的形式回放。我又想到了韩小鱼描述的白凤凰,我遽然意识到,这已不是我第一次听到关于白凤凰的线索,或许造物主在冥冥之中将不同的乐章谱写在了一起。

韩小鱼喊服务员结账,服务员问微信还是支付宝。吕毓桐点开手机二维码,支付宝吧。小鱼你看,以前你留学的时候,手机支付还没像现在这样普及。

韩小鱼说,是啊,我好像错过了好多新鲜事物。

我没参与她们的对话,思绪游离开去。人类正从信息时代走向智能时代,越来越多新鲜事物的出现,是使世界更美好还是隐藏于更多未知的风险之中?事实上,飞机、高铁用速度缩短了距离,视频对话用信号缩短了距离,分离与不舍却不会因此消弭。对韩小鱼和肖影来说,远程视频这种类似神话中千里眼顺风耳的技术,并不能解决相思之苦,两人的感情还是无疾而终。

韩小鱼说,时间差不多了,去酒店取行李吧,该去仁川机场了。

明洞依然热闹,小摊贩吆喝着:"好吃的鱼糕棒,辣年糕。"路过一家超市,黄色包装的蜂蜜杏仁豆摊在货柜上,韩小鱼说,等一下,这是肖影爱吃的零食,我要去买一包。

2020 年 1 月 11 日,于济南

6 月 19 日,修改于泽西城

后 记

从记事始,家里的大堵书墙便印象深刻。受此熏陶,对文学逐渐产生了兴趣。我喜欢在深夜胡思乱想,通过表象去追问本质,想着想着就提出一些终极问题:宇宙的起源,时空的终点,生命的意义。探讨这些问题看似没有意义,因为并没有正确答案。可总忍不住去揣测,或许有一瞬,以为参透了真谛,可一段时间后,又会反驳自己既有的观念。

我有太多的话想说,却找不到合适的方式表达。就用纸笔,将心里零碎的声音记下来。步入大学后,抽空就写一点,不是家庭作业,不是升学考试,没人强迫,没人督促,一切源于个人的兴趣。不确定有没有人会看到我写的故事,更无法得知人们是否会喜欢我的小说,是热爱让我坚持做这件看似无用的事。渐渐地,完成了小说处女作《左手》,故事发生在我熟悉的出生地上海。后来,有机会在澳洲留学,于英国实习,去日本旅游,到韩国度假,抵美国读研……这些经历拓宽了我的视野。诱发我创作了六篇短篇小说,以不同国家不同城市——上海、悉尼、纽约、伦敦、东京、首尔——构成不同小说的发生背景。

狄更斯说:"这是最好的时代,这是最坏的时代。"其实,任何时代都可以用这句话来定义。相比于我的父辈、祖父辈,我所身处的时代在许多方面都有进步,但这不意味着现今的人类社会达到了完美状态(额外提一句,完美的乌托邦是虚幻的)。相反,时代的变迁永远包括了负面部分,社会的阴暗,人性的险恶,又回到了之前所说的终极话题,航天还没有开拓宇宙的边际,医学还无法逾越生死的界限,人类还不能摆脱七情六欲的束缚……如果说前两篇小说仍保留了部分对父辈、祖父辈生活的诠释,从第三篇小说开始,创作灵感更多来源于身边见闻,我将切入点放在同时代的年轻人身上,出国留学的学生,定居海外的移民,因公出差的白领,观光旅游的情侣……探讨当前时代特征下,我们的生活方式和处境。有一天老去,可以回忆当年用文字记录下了一部分同龄人的爱与迷茫。

整理成集的过程中,我也即将设计系研究生毕业。学习设计也有三五载,写作与设计,两者有诸多共通点,比如都需要从生活中汲取灵感,在细节中追求完美,更重要的是拥有对创作的热忱并能持之以恒。凭借这份热忱,我逐渐完成这本小说集,最终定名为《戴王冠的白鹦鹉》,书名来自一个比较有趣的设定:白先生是地狱使者白无常的化身,其原形是悉尼皇家植物园常见的黄顶白鹦鹉。白先生第一次登场,是在同名小说女主角顾红梅的梦境中。这篇小说是爷爷去世之后写的,借助白先生的口吻,传达我对爷爷的思念和对生死的理解。为收拢写作时的悲哀情绪,白先生的人设为冷静看穿生死的地狱使者。后来又衍化成某种意象,作为彩蛋的形式贯穿其间:每当人物遭遇死亡或意外,其即会以第三人称出现,传达一些写作者不便言说的观点。根据小说集的标题,我亲自设计了封面,看着笔下描绘的白先生以图画的形式跃然纸上,有种完成了文学第一个小目标的感觉,这本书也是对我即将告一段落的学生时代的最好馈赠。

写作者兼具时代观察者与记录者的身份,我会引用并改编真实事件——2017年拉斯维加斯枪击案,2018年伦敦马拉松参赛选手死亡案,2019年日本京都动画纵火案,同年崔雪莉于首尔京畿道城南市家中自杀身亡案——让虚构的故事与现实产生联动,不是对实事置予太多评论,而是借助这些事件将对终极问题的思考藏在字里行间:科技的跃升、信息的爆炸、人心的疏离、思想的勾兑。或许白先生也在默默注视着这一切。

近年"电影宇宙"的概念非常流行,我喜欢这种在故事中构建完整世界观的方式,萌生了创造一个"小说宇宙"的想法。结集前,我决定给白先生编排一场重头戏——《以黄昏为例》,在确保每篇独立成章的前提下,对贯穿这组小说的主旨进行概括,以使读者在翻阅这本小说集时,会有会心一笑的观感。这导致白先生从以往的配角变成了男主。在构思时,如何处理白先生地狱使者的身份变成一个问题。我不想写灵异传说,而是将鬼神当人来写。刚巧在网上看到一段话:"天使和魔鬼,同时爱上了人间的女孩子,天使或许会守护她一生一世,但当面对大义的时候,天使会为了这个世界而辜负她。而魔鬼呢,会为了她铲除这个世界。"这符合我心目中白先生的形象。我试图从中获得灵感,用戏仿小说的技法,借鉴了日本神话的妖怪形象,也参考了相关游戏动漫的设定,将白先生这一角色和传说中的白无常结合起来,并补全属于他的背景。古代传说被嫁接到一个现代故事上,白先生不再是一个万能的无情的地狱使者,因为特殊的"工作性质",他不得不把喜怒哀乐隐藏起来。遇见爱情后的白先生,行为和心理越来越像一个人类,变得有血有肉。故事中也加入了映射现实的部分,比如人为了生存努力工作,鬼也一样,为了解脱——他们的工作——引渡人类。

本系列的压轴,考虑再三,还是想让这本小说集的风格回归到人类视角。安排《比长跑更长》中的歌手在《哀矜之时》中再次登场,这些城市故事都是他在旅行中的道听途说。无论以哪种角度,我们面临的问题是类似的,人类的很多行为往往是不得已的,地狱使者也会遇到两难抉择。他们如何解决这些冲突,我情知给不出正确答案,答案或许藏匿于每个读者的感受之中。书中的世界人鬼虚实交错,构成另一个平行时空,希望读者像书中的歌手和白先生一样,寻找到属于自己的解题钥匙。

夏　周

2020 年 6 月 22 日,于泽西市

图书在版编目(CIP)数据

戴王冠的白鹦鹉/夏周著.—杭州：浙江文艺出版社,2021.1
ISBN 978－7－5339－6283－8

Ⅰ.①戴… Ⅱ.①夏… Ⅲ.①短篇小说－小说集－中国－当代
Ⅳ.①I247.7

中国版本图书馆 CIP 数据核字(2020)第 207440 号

策划统筹：曹元勇
责任编辑：王丽荣
文字编辑：庄馨丽　张赟喆
封面设计：夏艺堂
责任印制：吴春娟

戴王冠的白鹦鹉
夏周　著

出版：浙江文艺出版社
地址：杭州市体育场路 347 号　邮编：310006
网址：www.zjwycbs.cn
经销：浙江省新华书店集团有限公司
印刷：上海盛通时代印刷有限公司
开本：889 毫米×1194 毫米　1/32
字数：122 千字
印张：6.375
插页：4
版次：2021 年 1 月第 1 版
印次：2021 年 1 月第 1 次印刷
书号：ISBN 978－7－5339－6283－8
定价：49.00 元(精装)